Bodo Morshäuser
Nervöse Leser

Erzählung

Suhrkamp Verlag

830
M93N
144229
May 1988

Erste Auflage 1987
© Suhrkamp Verlag Frankfurt am Main 1987
Alle Rechte vorbehalten
Druck: Wagner GmbH, Nördlingen
Printed in Germany

Nervöse Leser

Alles ist da, manchmal fehlen die Jahreszeiten. Dieses Viertel gilt weder als besseres noch als schlechteres. Die Fahrbahn ist so breit, daß zwei Autos aneinander vorbei können. Es gibt zwölf Häuser auf der einen, vierzehn Häuser auf der anderen Seite. Ich öffne eine Holztür, sie knattert hinter mir zu. Ich öffne die nächste Tür und gehe an einer Baulücke vorbei, in der eine Kastanie steht, die das Haus überragt. Ich öffne die kleine Tür zum Treppenhaus und brauche, da ich jeweils zwei Stufen nehme, nur vierzig Schritte. Ich drehe den Knauf herum und stehe im Flur. Was will ich hier? Alle Entschlüsse sind verblaßt. Auf den Straßen ist mir klar, was ich zu Hause zu tun habe. In der Wohnung weiß ich nicht, was es gewesen ist. Die eine Person geht los, die andere kommt an. Im Zwischenraum geschieht die Verwandlung. Der Gang durch die schwere Holztür ist der Abschied davon, wahrzunehmen, wie Licht sich entfaltet, wie es schwindet. — Wenn die Fenster gegenüber nichts weiter anzeigen als Nacht, wenn es in den Badezimmern so still ist wie in den Wasserleitungen, dann will ich nicht nach draußen gehen. Dann kommt die Ferne fast zu mir. Nach Mitternacht ist keine Ferne fern. Gehe ich dann auf die Straße, muß ich nicht nach Hause. Bin ich dann in meiner Wohnung, muß ich sie nicht verlassen. So bin ich Nachtmensch geworden, es ist einige Zeit her. Ich habe eine Geschichte zu erzählen, doch ich lenke ab. Oder schreibe mich ein, wie ein Dauerläufer sich warm läuft. Ich kann nicht verheimlichen, daß ich niedergeschlagen bin, noch in den Seilen hänge, Ringstaub atme. – Rühr mich an, friß mich nicht; hör mir zu und schweig. Sag, was du denkst, bestehe nicht darauf. Ich verfluche dich und schlag dich nicht. Sei deutlich, übertreibe nicht; sei lieb, schweif nicht ab. – Mit dem Rest der Stadt verbindet mich mein Telephon. Es ist dunkelrot und hat zehn Tasten. Jetzt ist es laut gestellt und klingelt nicht. Manchmal bereue ich, was ich getan habe. Selten bin ich so klar im Kopf, wie wenn ich etwas bereue. Stundenlang ziehe ich durch Straßen, prüfe mich in den Scheiben und fasse wunderbare, mich erstaunende Entschlüsse. Wenn ich bereue, mag ich zwar nicht, was ich getan habe, aber ich mag mich bereuend. – Schaue ich auf die Fenster drüben, bin ich bald, wie vor dem TV, gebannt von der Erwartung eines bewegten Bildes, das den verschwundenen Zuschauer aus mir macht. Das Telephon klingelt. Wie wenig ich mich spüre, wie sprachlos und fühllos ich bin. Es wird bemerkt, es wird gesagt: kenne ich. Nach der Jugendnarrheit und vor der Altersnarrheit fällen wir drei bis fünf Entscheidungen, die uns einen Weg ebnen durch das Tal der besten Jahre. Wir kriechen und feixen, prallen auf, gehen weiter, bis wir abtreten und wieder feixen und kriechen. Wir haben keinen Bonus mehr und weniger Irrtümer frei. Zweimal haben wir uns verändert, sind, auf anderer Höhe, unmerklich angekommen in der Nähe der Herkunft. Jeder ein hübscher Kreis. Kein Zwang in Sicht, der uns eint. »Wir machen das so, wie wir es immer gemacht haben.« Lust auf Gewalt verspürt der Gleichaltrige, der niemandes Bruder sein will. – Ich lege auf und bin wieder allein. Während ich telephonierte, bin ich nicht allein gewesen, ich sagte Ja und Nein, eher Zustimmendes. Ich habe gut zugehört, eben am Telephon. Ich kann gut zuhören, kann so gut denken dabei. Manchmal stelle ich mir vor, wie ich wohl aussehe beim Zuhören. Eben drehte ich einen Zigarettenvorrat. Man kann jeden Moment nützlich machen. Heute wird niemand mehr anrufen. Gestern hat niemand angerufen. Wenn ich selber eine Nummer wähle, dann die der Kinoansage. Ich hasse es, in dunklen Kinos zu sitzen, aber ich mag die Stimmen der Ansagerinnen. Ich rede mit ihnen. Sie sind göttlich, denn sie antworten nicht. Hartnäckig wechselt das Angebot. Mir genügt es, umherzugehen oder im Restaurant zu sitzen. Die, sagen wir, Soziologie einer Warteschlange im Postamt gibt mir zuverlässigere Information. Gern gehe ich tagsüber durch die Straßen und schaue mir an, was ich nicht bekommen kann. – Trete ich in ein Zimmer, gehe ich auf die Fenster zu, um sofort in ein anderes Zimmer zu schauen. Man fragt mich nach dem Ausblick, doch ich suche Einblick. Vielleicht sollte ich eine Hure anrufen. Ich dürfte nicht hinhören, Hurenstimmen sind unerträglich. Eine, die hier gewesen ist, wollte unbedingt wissen, warum ich kein junges Gemüse wollte. Widerliche Fragerei. Ich bezahle, damit so eine schweigt und nicht die Verbesserung Osteuropas mit mir diskutiert. Menschlich haben sie einen besonders guten Ruf. Vieles verstünden sie, und oft wüßten sie den besten Rat. Bei Bezahlung läßt sich gut einfühlen und quatschen von Ehrlichkeit und Rechtschaffenheit. Ich rufe nicht an. Es genügt, an Huren zu denken. – Wir zeigen uns nicht unsere Wohnungen. Üblich ist, sich am großen Telephon zu verabreden für einen Ort mit Speisen- und Getränkekarte und den gleichen Kerzenständern auf jedem Tisch. Dort sprechen wir wieder vom Siezen und vom Duzen. Sie habe nichts grundsätzliches gegen das Duzen, sie duze ja selber, aber nicht jeden. Manche sieze er, dann schwenke er schnell zum Du über. Manche habe sie geduzt, dann habe sie nicht mehr zum Sie zurück gekonnt. Wir wissen weiter, denn wir wissen, wo noch geöffnet ist. – Früher sah ich von weit her in die dunklen Lokale, heute sitze ich selber darin, wie einer, der von den Normalen nicht der gewöhnlichste sein will, und ich schaue hinaus und frage mich, was die Kinder denken. Wünschen sie sich, nicht so zu werden, wie wir geworden sind? Wir haben die Macht, zu sprechen, sie haben die Macht, zu schweigen – wie wir sie hatten. – Ich könnte undiszipliniert in die Nacht hinaus gehen, ignorierend, daß die erfolgreiche Generation die der Askese sein wird oder schon ist, ich habe nicht nachgefragt in den letzten verheerenden Wochen. Was mich betrifft: Ich weiß gar nichts mehr. Seitdem ungefähr vertraue ich den sieben Sicherheiten, die meine sind. Ich rufe die kindsalten Gewißheiten zurück. Sie sind lange her und gelten mehr denn je. – Die jüngsten Ereignisse zwingen eine Niederschrift auf, da ich keinen Gesprächspartner habe. Es gibt Dinge, die besprichst du mit deinem Freund, und es gibt Dinge, die besprichst du nicht mit deinem Freund. Wer sich zu erkennen gibt, ist verbrannt. Vielleicht schreibe ich dies auf, um wenigstens zu ei-

nem Zeugen zu kommen: der Schrift. Manchmal redet sie sogar mit einem, ich meine: immerhin.

Kampfgeist

Entschluß: bin verschwunden. Mona verleugnet mich an Tür und Telephon. Sie fragt, was ich vorhabe. *Ich halte das nur schriftlich aus.* Verlasse ich das Zimmer, schließe ich es ab.

Alles photokopiert. Die Frau an der Kasse hat die Blätter in zwei Schuhkartons verstaut und hundertsechzig Mark verlangt. Draußen war es dunkel geworden. Sofort nach Hause und gelesen.

Kann nicht mehr nach hinten hinaus wohnen. Bin ins Vorderzimmer gezogen. Habe das Telephon aufgeschraubt, das ehemalige Zimmer auf den Kopf gestellt und nichts entdeckt.

Drüben gehen sie in den Wohnungen umher und schauen in die Wohnungen hier. Wenige verhängen die Fenster.

Im Haus gegenüber hat eine Frau die Möbel so umgestellt, daß sie von jedem Stuhl oder Sessel aus herüberschauen kann. Sie mag vierzig sein, geht mit einem struwweligen weißen Hund herum; vermutlich Halbtagsbeschäftigung.

Endlich Ruhe in der Wohnung. Sind wir wirklich einen Schritt weiter? Saß eben in der Küche, hörte Monas Geräusche beim Baden. Wenn sie keinen Freund hat, will sie von mir nichts. Hier in der Küche bin ich ihr am nächsten. Ich wünsche mir einen Freund für sie. Hat sie sich für heute etwas vorgenommen? Ist schon eine Stunde drin. Hörte sich eben an, als würde sie wieder die Kacheln abklopfen. Rüstet ihren Körper für eine Party. Ich bleibe hier.

Wunderbar vernieselter Tag. Draußen fünfundzwanzig Watt, drinnen hundert Watt. Von mittags bis nachts in den Kopien gelesen und dabei eingeschlafen. Die Originale liegen wieder an ihrem Platz.

Endlich anfangen!
1. Als Vera und Remo sich kennenlernen.
2. Als er in ihre Straße zieht.

Mit Marian ist ein Telephonzeichen verabredet. Er feilt am Werbekonzept für Heilbronn. Was meine Arbeit betrifft, belasse ich es bei Andeutungen. Habe das Bedürfnis, mitzuteilen, daß ich nicht tatenlos bin – ohne verraten zu dürfen, was ich tue. Habe Marian diese Zeitungsmeldung vorgelesen:

Tot aufgefundener sowjetischer Diplomat ist erstickt
Washington (AP). Die Obduktion der Leiche des am Freitag in der sowjetischen Botschaft in Washington tot aufgefundenen 32 Jahre alten Attachés Gawrilow hat nach Mitteilung der zuständigen amerikanischen Behörden ergeben, daß der Tod durch Ersticken eingetreten ist. Ein um den Hals geschlungenes Stück Schnur, ein Gürtel oder ein Streifen Stoff habe dem Diplomaten offenbar die Luft abgeschnürt, erklärte der leitende Gerichtsmediziner des Districts of Co-

lumbia. Er wolle damit nicht etwa sagen, daß Gawri-
low sich erhängt habe, und es gebe derzeit auch keine
Hinweise darauf, daß Fremdeinwirkung im Spiel sei,
fügte er hinzu.

Marian bedankt sich für den Hinweis, daß hin und
wieder so Stoffstreifen durch die Gegend fliegen.

Zur Zeit genügt es, mit jemandem eine stumme, ge-
genseitig projizierende Verbindung zu haben, für wenige Sekunden am Tag.

Mona hat es geschafft! Grell erzählt sie alles nach,
vom Flirt bis zum Frühstück. Diesmal ist er nicht
vom Film, sondern vom Fernsehen. Wir kriegen jetzt
einen Regisseur. Seit sie für ihn schwärmt, spricht sie
wieder mit mir. In den vergangenen Tagen schien sie
nicht anwesend zu sein, wenn ich sie sah. Keine Aus-
strahlung, kein Grund in der Stimme, nie waren die
Saftflaschen zugeschraubt. Heute dagegen füllt sie die
Tischseite aus, nuschelt nicht und hat Pläne: will wieder als Propagandistin arbeiten, zusammen mit
Sonja.

Jetzt die Lieder zurückrufen, die ich in den Straßen
vor mich hin gesungen habe. Nicht die wirklichen
Lieder, sondern die, die abweichen: meine Wunsch-
texte.

Je kürzer die Tage, desto finsterer die Gesichter, sie
sagen: *Du bist schuld an mir.* Nun sind die Tage
länger und die Wintervisagen noch nicht aufgetaut.

Arbeiter hocken über den Frostschäden, harken Mittelstreifen, putzen Grüngürtel. Die Sonne brennt im Nacken, die Heizung wärmt die Füße. Sie fegen das Granulat fort, schmieren die Tropfrinnen im Gehwegpflaster mit nassem Sand zu. Stündlich gibt es neue Baustellen, werden Straßen abgeriegelt. Filmteams schwärmen aus, die Menschen putzen Fenster. Besen haben die Stadt in Staub gehüllt, sie braucht Regen.

Eine Kette unglücklicher Ereignisse, verbunden mit einer schiefen Analyse, versteiften Mona auf die Einschätzung, der Grund aller Zurückweisungen, die sie hinnehmen mußte, sei ihre Nase. Gleich nach ihrem Einzug ging ich dem regelmäßigen Schniefen nach, kam zu ihr und tröstete sie. Jedoch weinte sie nicht. Seit die Nase entknickt und verkürzt ist, sondern die neuen Häute Schleim ab, und ebenso dauerhaft zieht sie ihn hoch.

Was ich von ihrer Nase weiß, darf ich gar nicht wissen. Mir ist die Rechnung in die Hände gekommen.

Blitzneue Lastwagen bringen Sand, eine Raupe verteilt ihn; ein Klettergerüst wird zusammengeschraubt und in die Verankerung gelassen. Steinplatten haben sie ausgelegt, am Ende der Steine stehen Bänke.

Mit Marian bin ich ungefähr im gleichen Rhythmus. Er hält seine Tagesarbeit nur aus, wenn er ab Mitternacht »zur Hinrichtung«, also zum *Himmel,* schreitet. Viermal in der Woche trete ich abends um elf in der Packereihalle an und lege bunte Werbeprospekte in die Zeitungen. Manchmal treffen wir uns gegen vier in einer Bar, in diesen Tagen nicht. Ich versenke mich in die Kopien, er brütet über Heilbronn.

Es hat geklingelt. Ich zucke zusammen. Nochmal die Klingel. Es erscheint mir selbstverständlich, daß nach dem dritten Klingeln die Tür aufgebrochen wird. Die Frage ist, ob mein Messer mir nützen wird. Dann flattert ein Zettel hinab.

Mona ist mit dem Regisseur gekommen. Hat ihm gesagt, daß ich nicht öffnen würde. Diese Information hält mich davon ab, ihn zu begrüßen. Ich beuge mich über die Blätter und lausche den Stimmen nebenan. Er ist kaum zu hören. Auch ihre Stimme verliert Kontur, schmilzt hin. Das Schniefen bleibt.

Etwas über Vera: Sind zwanzig Männer im Raum und neunzehn begehren sie, verliebt sie sich in den, der nichts von ihr will. Und sie geht erst, wenn ihr gesagt wird, daß sie gehen soll.

Die Menschen, von denen ich erzähle, wohnen in einem alten Viertel, das nicht zerbombt oder abgerissen, sondern in den vergangenen Jahren, legal wie illegal, erneuert worden ist. Die Arbeiten sind durchgreifend gewesen und nun für alle Parteien beendet: die schmalen, größtenteils beruhigten Straßen sind von Baustellen frei, die Illegalen sind keine mehr, und

Polizei kommt nur noch, wenn jemand zu laut Musik hört. Dieser Friede herrscht seit letztem Sommer.

Eben das Telephon. Niemand meldete sich, niemand legte auf. Die Frau im Haus gegenüber sitzt am Fenster, strickt und schaut her.

Neige dazu, mich in der Duzerei und vorgespielten Nestwärme unvorsichtig zu verhalten. Es plaudert sich hier leichter und verrät sich flinker. Sehne mich nach einer anonymen Großstadtstraße und bin bei Unsereinem gelandet. Dieses Viertel, diese Straße ist die erbarmunslos wirklich gewordene Vorstellung vom Nachbarschaftsheil, wie die Sozialmagazine es vormittags im Radio verkünden. Das Anbiedern geschieht in den Geschäften, wenn man die Heimatinitiativen nicht frequentiert. Kein Kauf ohne Kaufgespräch. Kein Hiersein ohne Wirsein. Jeder ist für jeden freigegeben. Sprich mit mir, auf daß ich dich morgen verraten kann. In den Geschäften immerzu Käuferschlangen, die Nachbarschaftsduselei der Patienten braucht ihre Zeit.

Schaue in keines der erneuerten Geschäfte und Lokale, wenn ich daran vorbeigehen muß. Lasse die Besitzer in ihren Türen stehen und auf leichte Worte lauern, mit denen sie eines in der kleinen Straße hören wollen: *Wir*. Gleichzeitig verändert sich hinter dieser Kulissenbelebung nichts. Die jungen Paare im Haus sind nur anders dressiert, der Zeitungsverkäufer ist anders neugierig und zuvorkommend, die Briefträgerin anders geschwätzig. Die Bewohner: anders ignorant.

Wir sind was geschieht
Auf andere zeigen zeigt nichts
Von uns geht das Normale aus
Unternehmung Unterlassung
Was ist sind wir

Habe einen Stapel durchgesehen. Sind mehrere Häuf-
chen geworden. Sie bedecken den Teppich. Unser Regisseur heißt übrigens Roland.

Als Vera ihre Geschichte erzählte, bin ich aufmerk-
sam geworden und habe darüber hinaus gemerkt,
daß ich nicht nur das übliche Interesse an einer unge-
wöhnlichen Geschichte hatte, sondern, von Thema
wie Mitteln fasziniert, zuinnerst angesprochen gewesen bin. Sonst säße ich hier nicht.

Zum ersten Mal habe ich sowas wie ein Arbeitszimmer und zwinge mich, sitzen zu bleiben, wenn es
schwer fällt. Wo ich auch hinschaue: das Zimmer
spricht von der Arbeit. Die Arbeit spricht zu mir.

Mein Material: Die beiden Schuhkartons mit Photokopien, einmal achthundert, einmal elfhundert Seiten, zwei 90er und zwei 60er-Kassetten, zwei Mikrokassetten, wie man sie für Diktiergeräte benötigt,
Schallplatten, eine Mappe mit Zeitungsartikeln, Tele-
phonadapter, Schlüsselbund und vierhundert Blatt
Papier.

Außerdem auf dem Schreibtisch: ein kleines Buch,

inzwischen mit angestrichenen Stellen, ein Geschenk: *Liebeskunst* von Ovid.

Erstes Zitat: *Schließe des Kämmerleins Tür; zeig nicht die Skizze des Werks!*

Montag, 10. März

Ungeniert

Vor einem Jahr hatte Vera hier ihren letzten Auftritt. Danach, die Musiker trafen sich mit anderen lokalen Größen bei *Raimundo,* saß sie zum ersten Mal neben Remo. Sie goß ihm Champagner ein, obwohl er Bier trank. Er nippte nur und trank weiter Bier, obwohl es ihm nicht schmeckte. Morgens um drei gehörten die beiden zum letzten Häuflein und fuhren zu ihm. Am nächsten Tag mußte sie zum Nürnberg-Auftritt, er zum Goldschmied Greiner, wo er Lehrling gewesen ist.

Nach der Tournee rief sie ihn an. Nach dem Anruf fuhr sie zu ihm. Sie sahen sich fast täglich. Da sie ein Auto hatte, wollte er abends oft, daß sie zu ihm käme. Immer mochte Vera nicht losfahren. Nachts fällt ihr das beste zu den Liedern ein. Remo sagte: komm doch, Vera sagte: versteh doch, und das dauerte manchmal Stunden, so als hätten sie sich wirklich getroffen. Meistens kam sie noch in der Nacht. Sie stellten einen Altersunterschied von neun Jahren fest, und beide, jeder aus anderem Anlaß, waren befriedigt.

Früher hatte Vera aushilfsweise die Tasten gedrückt, sich von Funkel eine Lederjacke überziehen lassen und ihm die zweite Stimme geliefert. Zwei Monate Lissabon halfen ihr, einen Strich zu ziehen zwischen dem, das sie tun, und dem, das sie lassen sollte. »Nie wieder eine Lederjacke!«

Eines ihrer letzten Lieder, *Ungeniert,* wurde ein erfolgreiches Mißverständnis. Sie hatte von der wiederkehrenden Abweisung singen wollen. Zu hören war dann der Wunsch, verführt zu werden. Mit der ungewollten Botschaft kam sie in die Hitparade. Der Gegensatz von Veras gar nicht sexuellem Outfit und dem scharfen Lied war für Journalisten der jungen Regenbogenpresse ein ergiebiges Thema. Die Langspielplatte setzte sich zwei Jahreszeiten lang bei Platz dreißig fest.

Vor einem halben Jahr zog Remo in ihre Straße. Für Vera einer jener Anlässe, Champagner mitzubringen. Wenn sie an Remos Fenstern standen, konnten sie Veras Vorderzimmer sehen. Sie schenkte ihm ein hellblaues Zweiersofa, mit Landvogelfedern gepolstert. An der Pinnwand klemmten zwei Verabilder. Zur Dämmerung gingen sie in den Schloßgarten.

Die Notizen beider erzählen von einem gemeinsam verbrachten Abend »neben *Raimundo*«. Vera traf Bekannte und resümierte am folgenden Tag, daß sie sich nicht frei bewegen könne. »Niemand verbietet mir etwas, ich verbiete mir selber etwas.« Ihre Notizen sind von Depression gezeichnet, Remos Worte sind von einer Erregung diktiert. Es sind wenig Wörter. Auffallend, daß er die Namen von Veras Bekannten notierte; zwei davon haben, heute noch, einen gewissen Glanz.

Ich habe die beiden dann nicht mehr oft gesehen; kann mir denken, daß sie eine gute Zeit hatten. »Wenn ich ihn anschaue, weiß ich, was ich will«, hatte sie notiert, und einiges deutet darauf hin, daß ihre Sensation sein Körper gewesen ist.

»Selbst im Tagebuch schafft man es nicht, ehrlich zu sein«, las Remo (»18. November«) in einem alten Tagebuch und fragte sich, woher er das wußte. »Wenn ich etwas notieren will, was ich nie sagen würde, drücke ich mich schwammig vor mir selber aus. Wer ist hier noch mit im Spiel?«

Er begann ein neues Heft. Wenn der Atem leicht sei, schrieb er, fiele ihm nicht ein, etwas zu schreiben, erst wenn der Atem schwer werde, mache er das Tagebuch zu seinem Zeugen.

In Veras Flur hängen Turnseile, an der Seite ist eine Sprossenwand. Ihre Arbeitszimmer sind im hinteren Wohnungsteil, wo es heller ist. Die Türen sind aus den Rahmen gehängt.

Vera schaute auf die Nachrichtenbilder. Remo hörte *Snakefinger* zu. Er strich über ihren Rücken. Sie sagte: mach weiter. Sie kugelten und entkleideten sich. Weil ihnen ihre Leichtigkeit nicht genug war, zog es sie ins *Trafo*. Sie erzählten sich ungefragt von Ereignissen, die der andere nicht kannte, zum Verständnis der Person aber kennenlernen sollte. Sie hörten zu und fragten nach, sie wollten es sich vorstellen. Später kam es dazu seltener; meistens, wenn die Herkunft eines Dritten zu schildern war.

Einmal schulterte sie das Akkordeon und spielte

eine Melodie *(Wifala)*, die Remo statisch vorkam. Er wünschte sich Dauer und daß die Musik nicht so schnell endete. Er suchte, welches Gefühl bei ihm angesprochen war. Zwei Zeilen sang sie mit:

> *Du mußt nach Lima gehen*
> *Um eine Frau zu sein, Mercedes*

Sie spielte fünfzehn Minuten lang, er wurde »zufrieden und traurig gleichzeitig«. Du hast es für mich geschrieben, sagte er, sie verstand nicht, was er meinte, er war überfordert, seinen Einfall zu erklären.

Ihre Stimme sollte nur von dem Akkordeon begleitet werden. Sie probierte Verfremdungen aus. Während eines Abendessens sagte sie ihm, daß sie Funkels nächste Platte produzieren würde, nächste Woche in Baden-Baden. Remo wollte bei sich schlafen, Vera ging mit.

Am Morgen lag neben ihr ein Zettel: »Habe ein Vorstellungsgespräch. Treffe dann Boris. Guten Morgen, meine Liebe!« Sie stand auf und durchsuchte seinen Schreibtisch. Sie durchwühlte einen Stapel Modezeitschriften und fand eine Ansichtskarte von Lissy Greiner, aus Hamburg. Die Sätze waren unverständlich, nur zweien vertraut. Sie blätterte in Blocks und Heften, überflog Briefanfänge und Erledigungslisten. Sie las die angestrichenen Stellen in seinen Büchern. Sie sah das neue Schloß am Schrank, sie schaute an die Ränder und in die Ecken. Sie lachte über sich. »Den Kicherton, den ich dabei hörte, fand ich widerlich. Dem war nur ein Ende zu machen, indem ich ging.«

Sie dachte an die Karte, die Handschrift, den Kuß am Schluß. Was sie sich auch vornahm: es existierte nur die Karte. Sie rief bei ihm an, er war nicht da. Stellte einen Trompetensound ein und löschte ihn wieder. Hätte sie gewußt, wo er war, wäre sie hingefahren.

Sie führten das Gespräch im Verkaufsraum. Hinter einer Panzerscheibenwand saßen die Angestellten. Winterstein hatte ihnen den Rücken zugewandt und beobachtete die sich spiegelnden weißen Kittel auf der Eingangstür. Besonders interessierte er sich für Remos letztes Jahr. Er sagte, er habe Zeit für sich gebraucht. Winterstein sagte, er würde sich melden, Remo glaubte es und trödelte durch die Straßen. Er rief Achim Möller an.

Um sieben saß Boris im *Trafo.* »Als er nicht mehr über Frauen redete, redete er über Filme und Bücher.« Boris empfahl, jeden Tag zu schreiben. Remo dachte an das blaue Buch, das Vera aus Tokio mitgebracht hatte. »Dann redete er wieder über Frauen.« Später, im *Ikks,* fragte Remo, warum man selbst in Tagebüchern abkürzt und verschlüsselt. Hast bei der Frau geschnüffelt, griente Boris, und Remo sagte: Bei mir selber sehe ich es. Boris gab die Frage an Billi weiter. Es ärgerte Remo, daß zwei Enddreißiger sein Thema verhandelten. Das ist das schlechte Gewissen, überhaupt, weil man schreibt, sagte Billi. Du schreibst für den unerwarteten Leser, sagte Boris. Billi fragte Remo aus. »Ihr Interesse schmeichelte mir, doch war ihre Aufmerksamkeit nicht zu erschüttern. Ich verhedderte mich in Behauptungen, ich brachte sie in Trinklaune.« Billi fragte, ob er weiterziehen würde. Er sagte, er gehe nach Hause. Vera war nicht da.

Sie saß auf der Bank am großen Fenster des *Himmel* und schaute auf den Platz. Mekki erzählte von Projekten und spielte immer noch schlecht Gitarre. Neuruiniert, sagte Vera. Neuruiniert haben sie den Platz.

Sie hieß Vera Knade, bis sie die Buchstaben vertauschte. Als Vera Danke vor ihr stand, stellte sie alle Maschinen an und arbeitete zwei Tage und zwei Nächte.

Jetzt hatte sie Lust, ein Interview zu geben, aber jetzt wollte niemand ein Interview. Sie wußte, wo sie hinfahren konnte, doch wollte sie an einem Ort sein, von dem sie nichts wußte.

Sie bearbeitete das Akkordeon mit einem Vocoder. Am Nachmittag, in der Badewanne, beim Telephonieren, hatte sie Betinas Umgang mit Maschinen, daß sie keinen Ton Ton sein lassen könne, noch kritisiert; nun hörte sie selber einen Raum, wenn sie den Reinklang fälschte. Als sie in Schwung gekommen war, stand Remo vor ihrer Tür, im Flur, in den Zimmern, als Vorwurf, etwa so:

Ich dachte, wir machen was heute abend.

Du warst nicht da.

Ich bin um elf gekommen.

Ich bin um elf gegangen.

Wohin?

Ziellos. Habe Mekki getroffen.

Aha.

Habe dich den ganzen Tag versucht zu erreichen.

Habe Boris getroffen.

Du hättest mich ja auch anrufen können.

Beide wußten, wie solche Gespräche weitergehen, trotzdem wiederholten sie es bis um vier. Ohne Kraft, von der Karte zu sprechen, ließ sie sich in einem anderen Zimmer nieder. Für ihn ist Schweigen das schlimmste. Als sie sich auf ihn legte, sagte er ihr neue Wörter, die sie in die Höhe trieben.

Remo sagte, er werde nach Hamburg fahren, um Achim Möller zu treffen. Obwohl sie gern auf dem Abfahrtsbahnsteig ist, entschied sie sich gegen den langsam davonfahrenden Zug und für einen hart geschnittenen Abschied an der Wohnungstür. Er wollte gar nicht sofort weg, sie wollte es. Er gab ihr den Wohnungsschlüssel, wegen der Pflanzen.

Am liebsten hätte sie den Schlüssel gar nicht gehabt. Sie war froh, ihn zu haben.

Sie tüftelte am Akkordeon-Sound, las in alten Briefen und Heften und fand ein Glenn-Gould-Motto wieder: *Underlining by minimalizing.* Sie traute sich mehr Zurückhaltung zu. Bald war die Verfremdung nur noch zu ahnen. Sie schwitzte, mehr als gewöhnlich und etwas kalt, den Unterarm hinunter.

In seiner Wohnung goß sie die Geranienbank und die Gummibäume. Sie öffnete Schachteln und Kästchen und fand einen Schlüssel, der ins Schrankschloß paßte.

Sie blätterte in Zeitschriften, beschaute Photographien, las Briefe und kontrollierte die Tagebücher, eins bis zehn. Remo hatte sämtliche Karten, Briefe und Zettelgrüße von ihr gesammelt.

Das erste Buch hatte er vor fünf Jahren begonnen. Im sechsten fing sie zu lesen an. Sie verstand die Anreden nicht. Die längeren Abschnitte begannen mit »Liebe S.« oder »Liebe F.«. Die Anreden standen den Texten voran, die aus Wut oder Enttäuschung geschrieben worden waren. Im ersten Monat mit ihr hatte er keine Anreden. Von Selbstmordversuchen hatte er nie gesprochen. Sie verstand die Daten nicht. Vier Monate nach ihrer ersten Begegnung beschwört er einen »neuen Abschnitt«. Nie hatte er von jemandem erzählt, dessen Name mit S oder mit F beginnt.

»Alle paar Momente wechselten sich ab: Selbstverachtung / Zufriedenheit, nicht betrogen worden zu sein / Schuld / sentimentale Teilnahme / Helferwillen / Wut auf Lissy / und das fingerschnipsige: So bin ich eben. Wir messen einen Menschen an seinen Taten, vielleicht an seinen Reden, doch sicher nicht an seinen Tagebüchern.«

Sie mußte ihn erreichen, sofort, rief die Auskunft an und war sechsmal falsch verbunden. Achim wohnte mit Ines zusammen, sie wußte von Ines nur, daß sie bei Metronome gearbeitet hatte. Nach einer Stunde hatte Vera sich bis zu ihr hin telephoniert.

Achim und Remo sind gestern ans Meer gefahren. Ist was passiert?

Nein, ich hatte eben nur solche Angst.

Angst um Remo?

Ja.

Er liebt dich. Ich habe ihn angesehen, als er von dir gesprochen hat.

Jeden Tag ist Vera am Koffer gewesen. Morgens schwor sie sich, zu arbeiten – sobald sie gefrühstückt hatte, dachte sie nur noch an den Schrank den Koffer die Hefte die Wörter. Sie öffnete seine Wohnung, ging die vier Schritte im Flur, bog ins Zimmer ab, ohne über das Telephon zu stolpern. Manchmal, wenn sie las, wollte sie gleichzeitig etwas für sich notieren. Einmal ist sie mit den Tagebüchern eingeschlafen und aufgewacht und hat weitergelesen und ist in eine Diskothek gegangen, weil sie die Stille nicht aushielt, die Stille der Tagebücher. Am letzten Tag kam sie mit einer Flasche Wein. Manche Stellen kannte sie auswendig.

Den Selbstmordversuch, von dem sie aus seinen Tagebüchern erfahren hatte, registrierte sie nur als Teil eines ihr fremden Gebiets, seines Doppellebens, wie sie es nannte. Gern hätte sie den Grund und die Zeit seines Sterbenswunsches gewußt. Später stellte sich diese Frage nicht mehr, wütend notierte sie nur noch, daß er etwas verheimliche, und daß es nicht das einzige wäre. Da sie nicht darüber sprechen konnte, stießen weitere Phantasien, die sie spann, nicht auf Widerlegung, und die Einrede, er führe ein zweites Leben ohne sie, wurde Veras Wirklichkeit. Sie wußte zwar, daß keine ihrer Ahnungen belegt war; da sie das aber auch von einem konsequenten Doppelleben erwartete, war das Fehlen jedes Beweises geradezu eine Bestätigung ihrer Ahnungen. Einmal muß sie ihn direkt danach gefragt haben, es gibt eine aufgeregte Notiz von Remo, die das verrät. Er hat jegliche Selbstmordabsichten von sich gewiesen, und Vera notierte: »Das ist der Beweis: er ist nicht ehrlich.«

Am Tag seiner Rückkehr saß sie, nun wieder deprimiert wegen ihrer Hinterhältigkeit, auf der Bank des *Himmel* und wurde von Funkel angesprochen. Beinahe hätte sie ausgepackt, doch konnte sie, als es in ihr Luft holte, sich zum Klo retten. Auf dem Heimweg gefiel sie sich schon wieder als ihre Komplizin. So ging sie, eine Stunde vor Remos Ankunft, noch einmal in seine Wohnung, wühlte Ecken und Winkel um, um neues Material zu finden. Verdachte hatte sie viele, es fehlten allein die Beweise. Kurz bevor sie den Bahnhof erreichte, fiel ihr ein, was sie vergessen hatte: eine Kopie des kleinen Schlüssels.

Auf dem Bahnsteig rannten sie wohl die letzten Meter, umarmten und küßten sich, überschwenglich wie zur Zeit seines Einzugs. Einer folgte der Spur des anderen, dachte, ein neues Kapitel hätte begonnen, weil ein Zug angekommen ist, und daß auch der andere dachte, es sei so. Der nächste Tag ist wie ein Tag aus ihrer ersten Zeit gewesen. In der schönsten Stimmung verrieten sich beide: Remo, indem er sagte: fünf Tage Hamburg; Vera, als ihr im Auto die Karte von Lissy aus der Tasche rutschte. Beide wußten nicht, ob der andere etwas bemerkt hatte, und jeder notierte den Ausrutscher des anderen in den eigenen Papieren.

Nichts lag näher, als bei *Raimundo* zu essen.

»Wenn ich zum Fenstertisch schaute, hörte er zu kauen auf.«

»Wir waren gekommen, um uns zu unterhalten und zu essen, und wir konnten uns weder unterhalten noch in Ruhe essen. Ich sah den Tisch, an dem wir uns kennenlernten, doch war es diesmal wie in einem anderen Lokal.«

»Einmal hörte Remo nicht nur zu kauen auf, sondern fragte mich, zum Fenster nickend, ob ich mich an deren Tisch setzen wolle.«

»Danach war erst recht mit Reden Schluß.«

Am Morgen des 24. November nahm sie den Schrankschlüssel und rannte zum Schlüsseldienst. Zehn Minuten später legte sie Brötchen auf den Küchentisch und den Originalschlüssel zurück.

In diesen Tagen konnte sie »regelmäßig und gut« arbeiten – wie wenn sie sich im Streit verabschiedet oder nicht verabschiedet hatten. Sie bereitete sich auf die Produktion von Funkels Liedern vor. Funkel wollte sie haben, weil er ihre sparsamen Instrumentierungen bewunderte und selber, wie er meinte, bisher am Hang zum Pompösen gescheitert war.

Bevor sie nach Frankfurt flog, wollte sie Remos Bücher kontrollieren. Sie schickte ihn nach Brötchen und bat ihn, noch zur Reinigung zu gehen. Die Eintragungen konnte sie in der Eile nur überfliegen, neue Namen gab es nicht. Sie fand einen Brief an Lissy, im offenen Umschlag. Sie steckte den Brief ein.

Kurz vor dem Flughafenausgang setzte Remo sich doch noch auf die Heizungsrippen und schrieb: »Liebe S., Vera ist auf dem Weg, und wo bin ich? Was habe ich getan? Wo klemme ich mich hinter? Wenn ich mich so fühle wie jetzt, liebe S., dann möchte ich dir nachkommen.«

So beginnt sein blaues Buch. Den Eintragungen nach hat er an jeder zweiten Straßenecke weitergeschrieben. Er kam durch eine Laubenkolonie an den Sportkanal, wo ein Vierer mit Steuermann vorbeizischte. Er ging am Kanal entlang mit der Angst, daß alles verloren sein könnte. Daß gleich eine Katastrophe passieren würde. Daß sie schon geschehen sei. Schulkinder auf Fahrrädern überholten ihn. Autos überholten sie. Er wußte nicht, warum er Vera verlieren sollte, nur fürchtete er sich davor.

Billi rief ihn an. Remo wollte nicht runter ins *Trafo*, sie kam zu ihm. Er wartete auf sie mit dem Eindruck, zu gespannt zu warten. Sie sagte, sie habe eine neue Jugend entdeckt. Ihre Tochter wolle nicht von zu Hause ausziehen. Ihre Tochter sei ihr zu bieder. Über diese Jugend wolle sie eine Reportage schreiben. Remo merkte, daß die zwanzig Jahre ältere am liebsten hörte, wenn er über die zehn Jahre älteren herzog. Als es dunkel geworden war, zog er Schuhe an und ging mit ihr hinunter, um sie loszuwerden. An der Ecke umarmte sie ihn, hielt ihn fest.

Er schloß die Augen und versuchte, nicht einzuatmen.

Im Flugzeug las sie den Brief: »Liebe Lissy, jetzt habe ich eine Stunde gewartet, und du kommst nicht. Am Theaterabend hast du gesagt, daß du es wieder versuchen willst. Und jetzt sitze ich hier. Was willst du?« Vom Theaterbesuch der beiden wußte Vera nichts. Um allein zu sein, ließ sie mehrere Züge abfahren und strich durchs Frankfurter Zentrum.

Im *Intercity* nach Genf waren die meisten damit beschäftigt, die Sessel herumzudrehen, da der Zug in anderer Richtung weiterfuhr. Vera wechselte dreimal den Platz, bis sie kein ihr zugekehrtes Gesicht mehr sah und trotzdem entgegen der Fahrtrichtung saß. Sie entdeckte einen alten Mann, der ihren Blick so auf sich zog, daß sie dachte, er habe sie vorher schon entdeckt gehabt, und sie reflektiere nur noch seinen Blick. Sie tippte auf einen steinreichen Schweizer, der in Lausanne nach Montreux umsteigen würde. Er hatte straffe Gesichtshaut, und die arrogante Mimik war es, die Vera bald aus dem Blickfeld rutschen ließ.

Auf dem Bahnhof Oos war es ihr unangenehm, hinter dem Mann auszusteigen. Sie überholte ihn, ging schneller als gewollt zum Taxi. Im Hotel *Deutscher Kaiser* bediente sie sich am Zimmerkühlschrank und beobachtete die Fernsehbilder, bis sie einschlief.

Sie hatte sich vorgenommen, Funkel wenig reinzureden und für gute Laune bei den Beteiligten zu sorgen. Am ersten Tag sang er eine Nummer, in der seine Stimme zweifach eingespielt werden sollte. Als mit der weichen Stimme niemand zufrieden war, wollte Funkel ganz auf sie verzichten. Vera notierte, daß die Trennung von seiner Band auch eine Trennung von seiner Ungeduld, Unfähigkeit gewesen sei, eine Idee durchzuhalten.

Am nächsten Tag, am Telephon, sagte sie dem quengelnden Remo, er könne nachkommen – von sofort an wußte sie nicht, ob sie es noch wollte. Danach rief Tally an. Nachdem er Funkels Band verlassen hatte, war er nach London gezogen und mit seiner ersten Soloplatte aufgefallen, ähnlich wie Vera kurz danach. Traditionell ging der Abend in *Brenners Parkhotel* zu Ende, und der Morgen begann dort.

Die Produktion machte ihr nun Spaß. Endlich waren Musiker im Studio, wenn auch nur zwei Bassisten und Tally. Remo rief an und nannte die Ankunftszeit. Am Nachmittag fuhren Vera und Tally wieder in sein Hotel, leerten die Minibar, lachten über Funkel, wüteten über einige Veranstalter, empfahlen sich neue Maschinen. Vera schwärmte von einem Raumsimulator, aus dem man den eingegebenen Ton in der Breite von der Kiste bis zum Kirchenschiff herauslassen kann.

Am Abend brachte sie ihn zum Bahnhof. Nach seiner Abfahrt hatte sie noch zehn Minuten Zeit, um Remo in Empfang zu nehmen. Sie verschlang Wiener Würste mit Specksalat.

Remo hatte in der Nacht zuvor im *Deutschen Kaiser* angerufen; sie sagte, sie habe das Telephon nicht gehört; er weinte. »Das Zimmer ist zu klein. Ich bin zum Arbeiten in Baden-Baden, diesem Scheintotenjuwel, und ich will fit sein, jeden Tag.« Remo steckte eine Zigarette an, obwohl er sonst nicht rauchte. Nun ging es um Verabredungen Versprechungen Verzweiflungen; sie kochten Vergangenes auf, ließen es nicht vergehen.

Und du bist mit Lissy im Theater gewesen.

Na und.

Vera hoffte, er würde fragen, woher sie davon wisse. Sie hätte ihm alles erzählt, ihr war nach einem Geständnis zumute. Woher sie davon wußte, interessierte ihn jedoch nicht.

»Ich überquerte die Hauptstraße und kam in einen Park. Die Menschen waren sorgfältig gekleidet und schlenderten. Ich ging dem Konzertgeräusch nach. Zwei Männer schoben kindsgroße Schachfiguren hin und her. Es gab keine Autos, es gab Mozart. Ich ging hinter den Zuhörern entlang, die Gesichter waren zur Bühne gerichtet. Niemand bewegte sich. Es gab keine Kinder. Ich ging weiter, drehte mich hin und wieder um. Ich ging an zwölf Sonnenliegen mit zwölf stummen Menschen vorbei. Die Gesichter waren in die Wunschzüge gelegt, wenn jemand vorbeikam, danach zerfielen sie wieder, der Sonne zugeneigt. Der Weg führte hoch. Ich blieb stehen und sah mich wieder um. Das Konzert war vorbei, sie blieben einfach sitzen. Es gab keine Arbeit, es gab Mittagessen. Unten hoben sie sich aus den Sonnenliegen und redeten gleichzeitig. Ein Mädchen kam den Weg hoch und sagte undeutlich: Morgen abend spielen *Die Glückli-*

chen. Ich schloß mich ihr an, wir gingen zur Stadt hinunter. Soweit ich sie verstand, liebt sie es, unter alten Menschen zu sein. Sie spricht wenig deutsch, ich verstehe französisch nicht. Im Café wollte sie von den Gesichtern der Alten sprechen. Da ihr die Wörter fehlten, grub sie mit zwei Fingern Falten ins Gesicht oder drückte die Zunge vor die untere Zahnreihe. Wir lachten, wir wurden bemerkt und nicht bedient.«

Nachts um drei wurde Vera wach. Im Bad war Licht. Das Wasser begann aufs Becken zu klatschen. Sie langte zur Kommode und fühlte, daß das silbergraue Oktavheft nicht mehr unter dem Schlüsselbund lag. Remo machte sich nicht die Mühe, die Hand in den Strahl zu halten, um ein glaubwürdiges Waschgeräusch vorzutäuschen. Einige Zeilen, die sie über ihn notiert hatte, drängten sie, Geräusche zu machen. Er knipste das Licht aus, ging ins Bett, und Vera huschte ins Bad. In seinem Kulturbeutel sah sie ihr Heft. Es gab ein Gespräch bis sechs Uhr früh. Remo stand nicht auf, als sie sich am Morgen fertigmachte, ihre Hefte nahm und ging.

Er muß diese Zeilen gelesen haben:

Und was ich dir noch sagen will
Das darf ich gar nicht wissen

Ich weiß was echt was Lüge ist
Ich weiß du tust es nicht

Warum bin ich immer noch
Der Gast in deinem Tagebuch

Hab mich zu weit vorgewagt
Und sitz nun in der Falle

Vera ließ Funkel machen, was er wollte, und ging bald essen. An einem Kiosk schaute sie sich die Tagespresse an. Sie nahm zwei Zeitungen mit, ging durch Straßen, die sie nicht kannte. Sie schlug die Zeitung mit der roten Schlagzeile auf, da sie mehr Erfolg versprach als die mit der schwarzen. Manche Formulierungen amüsierten sie; drei Telephonnummern schrieb sie ab.

Sie waren gleich aus Baden-Baden heraus und fuhren fünfzehn Kilometer lang enge Schleifen auf kleiner werdenden Landstraßen. »Es war ein Reihenhäuschen. Die Beschreibung stimmte, vor allem stimmte: schlank. Wollen Sie erstmal ein Bad nehmen? Außer einem großen runden Bett gab es keine neuen Möbel. Die Schränke, die einen halben Meter vor den Wänden standen, gammelten vor sich hin, vielleicht gehörten sie den Verwandten.«

Sie gab ihm drei Hunderter. Dann weitersehen, sagte sie, legte sich in die Wanne und stellte sich vor, was sie von Bruno nun verlangen könne. Als sie aufwachte, saß er im Seidenmantel auf der Wannenkante. Sie zog ihn hinein. Bruno strich sich nur die Haare glatt. Dann sagte sie: Ein Anpassungskünstler bist du wie alle; wenn ich weine, tröstest du mich, wenn ich geil bin, fickst du mich. Er muß daraufhin so »J.-R.-mäßig« gelacht haben, daß sie beschloß, teuer gebadet zu haben. Er rief ihr ein Taxi. Sie forderte ihn auf, nichts zu sagen, er solle, bis sie gegangen sei, im Schrank bleiben. Ohne Widerstand verschwand er darin. Draußen hupte das Taxi, sie trat mit aller Macht gegen den Schrank. Die Tür brach, die Hinterwand brach, Bruno, in Scheuerleistenhöhe, wimmerte.

»Für *Die Glücklichen* bin ich wohl zu alt. Ich fragte das Mädchen nach seinem Namen. Es schüttelte den Kopf. Es unterscheidet sich von den Mädchen, die turteln und tuscheln. So lange *Die Glücklichen* zu sehen waren, beachtete sie nichts anderes. Sie will alles sehen, sie hört den Tönen nach, zu wach, um begeistert zu sein. Nach fünfzig Minuten haben sie ausgehaucht. Das Mädchen sagte, daß es Baden-Baden verlassen würde, am nächsten Tag spielten *Die Glücklichen* in Basel, dann Zürich, Wien, Mailand...«

Vera wollte schlafen, Remo wollte diskutieren. Sie weckte den Nachtportier und ließ sich ein anderes Zimmer geben. Sie legte einen Zettel vor seine Tür: »Lieber Remo, bitte fahr nicht weg.«

Die Arbeit war ermüdend, weil kein Musiker mehr auftauchte. Funkel holte, was er brauchte, aus Maschinen. Am vorletzten Tag war er versessen auf akustische Gitarren.

Das ist Mode jetzt, das bist nicht du.

Dann Mandoline, Laute, irgendwas, das atmet.

Nimm deinen Atem auf, und wir machen was draus.

Zuerst hatte sie Alt-Saxophon sagen wollen. Erst lachte er über den Einfall, dann hatte er eine Vorstellung dazu, Vera bekam Kopfschmerzen, er küßte sie, blieb während der Mittagspause im Studio, und Vera würgte eine Suppe hinunter, danach zwei Aspirin. Funkel fuhr das Band mit seinem Atem ab und machte Vorschläge, durch welche Geräte man den Atem noch ziehen müßte, damit er wie ein wirklicher klänge. Sie fragte den Toningenieur, ob er den Portwein noch in seinem Kofferraum habe. Sie holte eine Flasche. »Immer weniger verstehe ich, daß ich bei Funkel was gelernt habe. Seine Unentschiedenheit hat uns selbständig gemacht, Tally und mich.« Funkel durchkreuzte die Atmosphäre mit Klatsch und Tratsch über gemeinsame Bekannte, die Vera jahrelang nicht mehr gesehen hatte. »Nicht ein Zehntel an Energie bringt er auf, um über die Musik zu sprechen, die er macht.«

Vera wünschte sich in ihre Wohnung, zu ihren Liedern. Sie verstand nicht, in welchem Spiel sie sich mit Remo befand. Zwei Tage lebten sie in getrennten Zimmern, mieden den Frühstücksraum. Vera arbeitete oder schlief sich aus. Remo strich tagsüber durch das Kurviertel oder die Einkaufszone. Abends ging er ins *Suttereng* oder ins *Griffins*. »Im einen Lokal saß ich neben höheren Töchtern, im anderen stand ich neben Darstellerinnen höherer Töchter.« Sie rief ihn an, um zu wissen, wo er war. Selbst wenn er da war, ging er nicht ans Telephon. Die letzte Nacht verbrachten sie zusammen. Im Flugzeug redeten sie wieder miteinander und lockerten sich. Nach der Landung warteten sie einträchtig auf zwei Koffer.

Am 11. Dezember kamen sie in ihre Straße zurück. Sie stritten nicht, jedoch wollte Remo bei den »leichten Zeiten«, dem Gehen Sprechen Zuhören, weitermachen, während Vera täglich das Arbeitszimmer benötigte. Abends aßen sie gemeinsam, nach dem Frühstück stellte sie die Maschinen an, woraufhin er zu sich ging.

Remo verstand nun selber nicht mehr, warum er in Baden-Baden ihr Heft genommen hatte. Ihn interessiert, was sie schreibt, und je weniger sie von ihrer Arbeit erzählt, desto mehr interessieren ihn Welt und Wörter, die sie verborgen hält. Gern hätte er Boris davon erzählt, aber es ging nicht; er wußte nicht, warum. Das, was ihn betraf, blieb eine Angelegenheit zwischen ihm und seinem Tagebuch:

»Wir können nicht verreisen. Wir hätten es wissen müssen. Ich habe es gewußt. Wozu schreibt man diese verdammten Tagebücher? Sie sitzt jeden Tag drüben. Wie oft sind wir in Stimmungen, die nur noch Dramaturgien des Weinens sind. Wollen wir Aufmerksamkeit, weinen wir wie die Kinder. Sie hat keinen Grund zur Eifersucht, und doch hat sie immer Gründe... Wie ich sie liebe. Wie ich sie manchmal bewundere für das, was sie tut. Sie setzt sich was in den Kopf und arbeitet, bis es fertig ist. Wir können im größten Clinch liegen: wenn ich sie anschaue, sehe ich, was ich will.«

Einmal, als sie über den Wochenmarkt gingen, zog eine Frau an ihnen vorüber, die Vera bekannt vorkam. Der Blickwechsel zwischen ihr und Remo brachte ihren Vormittag aus dem Lot. Sie sah, daß zwischen den beiden etwas offen war. Vera hatte ein

Photo von ihr in seinem Schrank gesehen. Sie notierte: »Ich wußte, es war Konstanze, obwohl ich sie nicht kenne. *Heut hab ich ihren Blick gesehn.* Als Liebeslied, naiv? Aber wen meine ich?« Sie schrieb, strich durch, schrieb drüber, strich wieder, nahm ein neues Blatt:

Ich habe ihren Blick gesehen
Sie geht an uns vorbei
Du läßt sie einfach stehen
Was ist denn schon dabei

Ich habe ihr Gesicht gesehen
So hell und doch geheim
Die Frau ist wunderschön
Was ist denn schon dabei

Sie brauchte eine Melodie, die auf leichten Füßen kommt, fühlte sich nicht danach, die Melodie zu finden. »Warum ist er mir, wenn ich nicht eifersüchtig bin, fast gleichgültig?«

Betina, weizenblond und verstruppt wie immer, besuchte sie. Hin und wieder spielen sie sich Unfertiges vor.

Du hast abgenommen, Vera.

Ich bin unmöglich. Wenn ich einen Frauennamen höre, drehe ich durch.

Schon die Wahnsinnsstufe?

Nein, erst seit kurzem. Ich habe es nicht unter Kontrolle.

Betina sprach von Bekannten, an die Vera sich

kaum noch erinnern konnte, die diese Platte oder jenes Konzert vorgelegt hätten, und zweimal kam sie nicht ohne Versprichst-du-mir-daß-du-es-für-dich-behältst aus. Sie erzählte, und Vera vergaß es schon, bevor es zu Ende erzählt war. Dann schob Betina ihre neue Kassette ein.

Das Stück zog sich zu lange hin, es machte Vera aggressiv. Genau darüber wollte Betina Auskünfte. Das sei ihre Absicht gewesen, ihr Kalkül. Vera hatte einen Widerstand gegen das Wort Kalkül. Würde sie sagen, Kalkül sei ihr zuwider, würde sie hören, Kalkül sei Pflicht dort, wo andere mit dir kalkulieren, und du, Vera, würde Betina sagen, du hast es ja auch gut drauf, das ganze Geschäft, und Vera würde naiv nachfragen, und Betina würde antworten: Siehst du, genau das meine ich.

Nachdem sie Kalkül gesagt hatte, sah sie Veras kämpfenden Blick und sagte: Kein Kalkül, das ist nicht anständig, sondern das ist: zu spät aufgestanden. Vera wollte diese Debatte nicht und legte die Kassette ein, auf der Akkordeon und Stimme gemischt waren, nicht perfekt, doch mehr als vorläufig.

Kennst du die Wahnsinnsstufe?

Ja, du hebst ab. Du reagierst auf jemanden, der gar nicht da ist. Das ist der einfache Wahnsinn. Geht es dem anderen genauso: der doppelte Wahnsinn.

Vera sah Betina an, daß sie mit ihrem Lied nichts anfangen konnte.

Sie gingen essen, Vera saß mit dem Rücken zum Lokal, sie redeten von Prozenten, Hitparadenplätzen und Fernsehshows. Betina tüftelt Suggestionen aus, die nur Maschinen herstellen, während Vera höchstens beim Feinschliff Maschinen benutzt. An diesem Abend hatten sie das Managergespräch. Betina hat einen, Vera will keinen. Betina beendete das Gespräch mit dem Satz: Ich mache Pop, und du machst Kunst. Nach diesem Abend schrieb Vera fünf Seiten.

Sie beklagt, daß kein Lied mehr so unbefangen entstehen könne wie seinerzeit *Ungeniert*. Vera würde darüber nicht sprechen, allein weil sie verhindern will, daß solche Gedanken vor die künstlerischen dringen. Und dann bringt sie gern die Stelle, an der sie sich sagt, daß sie, einmal in den Markt geworfen, was sie gewollt habe, den Markt nun nicht mehr ignorieren könne. Und dann:

»Mehr und mehr verstehe ich die Künstler, die eines Tages die Deckungsgleichheit von (öffentlichem) Bild und Namen zerstören, um wieder frei zu sein.« Sie ging über die Straße, in seine Wohnung, öffnete den Schrank, griff sich das aktuelle Buch, das aus Tokio, und las: »Wie ich sie liebe. Wie ich sie manchmal bewundere für das, was sie tut. Sie setzt sich was in den Kopf und arbeitet, bis es fertig ist« ... Sie betrachtete das schöne Gesicht von Konstanze auf dem Photo und suchte nach passenden Wörtern dafür. Daß sie auf diese Weise nach langer Zeit eine Liebeserklärung von ihm bekam, deprimierte sie.

Wieder zu Hause, ärgerte sie sich über den Ton, den er in den Baden-Badener Passagen angeschlagen hatte. Daß er so mit anderen, nicht aber mit ihr sprach, machte sie wütend, obwohl es bei ihr nicht anders war und sie es auch wußte. Der Satz »Ich habe schon wieder eine Karte von Funkel gefunden« stieß ihr auf. Remo war seit Baden-Baden nur einmal kurz in ihrer Wohnung gewesen.

Sie fühlte sich in den eigenen Räumen nicht mehr sicher, durchsuchte Bücherregale und wühlte in Papierbergen nach Hinweisen auf sich. Sie fand obszöne Texte, einmal hingekliert und vergessen, Karten Briefe Zeichnungen. Sie verschloß die Papiere.

Wenn sie vom Arbeitszimmer auf das Haus gegenüber schaute, sah sie dort, ein Stockwerk tiefer, einen jungen Mann, der oft am Schreibtisch saß. Mehrere Nächte lang konnte sie ihre Arbeitsstimmungen verlängern, indem sie dann, wenn auf der Kippe war, ob sie weitermachen wollte oder nicht, zu ihm hinuntersah und sein Sitzen dort als guten Grund nahm, weiterzumachen. Wenn sie nach Hause kam, ging sie als erstes an die Fenster. Dann geschah es auch, daß, schaute sie spätnachts zu ihm hinunter, dies nicht der Anlaß war, um weiterzuarbeiten; vielmehr fixierte sie seine Fenster. »Danach war ich erschöpft wie nach dem Arbeiten, nur unzufriedener. Seine Bewegungen haben etwas Verbindliches. Ich schaue ihm zu und vergesse alles.«

Eines Nachts, sie verbesserte Texte, spürte sie »im Rücken ein Licht«. Im Schein einer Kerze fummelte er hektisch mit allerlei Kleinzeug auf dem Schreibtisch; baute eine Zigarette. Danach legte er sich ins Bett, ohne die Jalousien hinunter zu lassen.

Tags darauf interessierte Vera sich für die Hausbriefkästen des Nebengebäudes und notierte Namen, die jung klangen. Sie erkundigte sich bei der Auskunft, machte Probeanrufe, erfuhr, daß er Ulf Borchers heißt. In aufgeräumten Buchstaben schrieb sie aufs Blättchen: TIL THE NEXT TIME. Die Zigarette landete in seinem Briefkasten.

Es war kurz vor Weihnachten. Hochbetrieb in der Druckerei. Würde, nach dem Tod des Verlegers, dieses Jahr jemand der Heiligabendschicht die Hände schütteln, wie es der Verleger getan hatte? Stand ich mittags auf, war der Tisch reich gedeckt. Mona und Sonja waren noch mit Tütenklauen beschäftigt gewesen. Ich habe ihnen einmal zugeschaut und finde, daß sie zu alt dafür sind. Ihr Gebiet ist eine Kaufhalle mit Imbißtheken, an denen man auf Barhockern sitzt – gewöhnlich nach dem Einkaufen. Sie griffen sich die Tüten von den Barhockerfüßen weg: Sonja stellte die so laute wie vorlaute Frage, wann sie endlich bedient werde, und Mona ging mit den Waren, die ihr nun schon gehörten, da sie alle ordentlich bezahlt waren, in anderer Richtung davon. Bald danach, am Käsestand, das gleiche, nur daß Mona verwirrte und Sonja zugriff. Als ich meinen Käse bekam, ahnten die Bestohlenen noch nichts, ließen es sich schmecken, und Mona und Sonja, im Fahrstuhl, ahnten, an Kanten und Gewicht, den Inhalt der Wundertüten. Ich wollte Geschenke kaufen, wußte aber nicht, für wen.

Eine Woche ist Vera mit der Arbeits- und Fensterwelt ausgelastet gewesen. Zwar hat sie manchmal Remo sehen und spüren wollen, doch siegte die Einrede, einen strafenden Abstand zu ihm zu halten.

»Wenn er jetzt anrufen würde, würde ich ihn abservieren. Wenn er nicht anruft, tut es mir weh.«

Remo wurde jeden zweiten Tag von Billi angerufen. Er wollte sie nicht treffen, aber auch nicht abwimmeln; so gewöhnten sie sich ans Telephonieren.

Die Wochen, die sie stolz in zerstörerischer Distanz zueinander verbrachten, und in denen sie sich die derbsten Vorhaltungen machten, waren von zweimal zwei Tagen unterbrochen, die sie gemeinsam verlebten und an denen sie sich unaufhörlich sagten, daß sie sich lieb hatten.

Der Dritte

Nun rollen wieder die bunten Sightseeing-Busse durchs Viertel, mit Phototermin gegenüber dem bunten Eckhaus. Die Kinder in Posen; dann nehmen sie Geld.

Ich werde angerufen mit einem verabredeten Zeichen; so komme ich noch weniger als sonst auf den Gedanken, den Hörer abzunehmen.

Ein händeschüttelnder Ersatz für den verstorbenen Verleger ist Heiligabend nicht gekommen. Bis Silvester haben wir, wie jedes Jahr, gut verdient, viel Werbung war zu stecken. Im Januar kam ich auf zwei Nächte pro Woche.

Neben der Frau gegenüber wohnt eine junge Mutter. Sie ist mir neulich auf dem Spielplatz aufgefallen, da sie nicht strickte oder las, sondern sich umschaute.

Vom Sehen kenne ich die meisten Mütter dieser Straße. Der Zufall oder die Statistik will, daß die alleinstehenden Frauen Töchter bekommen. Es gibt wenig Jungen in diesem Quartier, und Väter gibt es fast gar nicht. Setzt sich der Freund einer Mutter zu ihr auf die Bank, zanken binnen zehn Minuten mehrere Drei- bis Fünfjährige um die Besitzrechte an ihm.

Seit Tagen streicht die junge Mutter gegenüber ab neun Uhr abends ihre Zimmer. Niemand hilft.

Marian eben. Habe das Gespräch mitgeschnitten. Hier der Anfang:

Was ist das Problem?

Das Problem sind die Raketen.

Klingt aber gar nicht fein.

Die NATO nennt sie *Sperrmittel*.

Großartig. Wo sind sie denn?

Ausgerechnet auf der Spitze des Stadtwalds.

Wie löst das Verteidigungsministerium das Problem?

Die nennen den Ort *in Waldheide bei Heilbronn*.

Klingt schon etwas weiter weg.

Aber die Ortschaft *Waldheide* gibt es gar nicht.

Großartig! *Sperrmittel in Waldheide*. Weg sind die Dinger.

Marian besaß früher einen Weinladen. Solange Inka, Absolventin des Wirtschaftsgymnasiums, es ihm besorgte, gehörte die Buchführung des Betriebs dazu. Als Marian sich in eine ihrer Freundinnen verliebt hatte, brachte Inka ihr, bevor sie aus dem Geschäft ausstieg, die Buchhaltung bei, erzählt die schniefende Mona ihrem Regisseur.

Gegen Mona gestern kam nichts an. Und du, nach x-tägiger dumpfer Einsamkeit, schon gar nicht. Währenddessen hat sie alles von Roland erzählt.

Wir teilen diese große Wohnung seit zwei Jahren. Ich habe mir Mona ausgesucht, als es mit Natalja vorbei war, und mit der Askese danach auch. Mona nannte sich Studentin und ging, wie ich bald bemerkte, vormittags nicht in Vorlesungen, sondern zum Bodybuilding. Dort lernte sie Sonja kennen, die sie einmal mitnahm zum Apothekerkongreß nach Saarbrücken. Sie besuchten, nach Messeschluß, die einschlägigen Lokale, tags darauf, als teure Begleitungen, abgelegene Restaurants. Mit allem Drum und Dran konnte sie von so einer Woche gut zwei Monate leben.

Mona hat es mir erzählt, und neulich, als sie Roland einweihte, war ich Ohrenzeuge. Der denkt seitdem über eine Professionalisierung solcher Dienste nach, spricht sie jeden Tag darauf an.

Unmöglich, in der eigenen Stadt unterzutauchen. Für das Nötigste bin ich heute morgen über die Straße gehuscht. Eben ist Ellen gegangen. Sie ist Schlagerstern für ein halbes Jahrzehnt gewesen und so schlau geblieben, das Geld in eine Firma zu stecken, die Schlagersternchen produzieren will.

In drei Stunden muß ich wieder zur Arbeit, und ich habe heute nichts weiter als alles für Ellen getan.

Da haben wir den Salat. Bin nach Hause gekommen, habe die Fenster aufgerissen, Badewasser einlaufen lassen. Kurz danach stellt die Frau gegenüber eine Leiter ans Fenster und beginnt, die oberen Scheiben zu putzen. Ich höre, daß sie Musik dabei hört, und ich sehe, daß sie durch die Scheiben hindurch zu mir her sieht. Sie bewegt ihren Po mit der Musik, so weit es auf der Leiter möglich ist, und hat wohl den Eindruck, daß ich ihr zuschaue, da öffnet die junge Mutter neben der Frau gerade die Balkontür, die zu einem hellblauen Nachthemd führt – dann rutscht die Frau ab, ein Knall, eine lange Stille. Ich bin in die Badewanne gestiegen und habe vergessen.

Jetzt, am Abend, ist der Vorhang drüben noch in der gleichen Position wie am Nachmittag, nach ihrem Sturz. Wo ist ihr Hund? Müßte ich sicherstellen, daß sie gefunden wird? Ich unternehme nichts. Ich leugne, Zeuge gewesen zu sein. Ich könnte jetzt Helfer sein, der einzige. Ich bin es nicht. Die junge Mutter putzt nun Fenster.

Geht man einmal abends aus, erweist es sich gleich als zerstörerisch, in Gesellschaft zu sein. Zwei blonde Thekenwunder brachten mich Marian gegenüber derart auf Touren, daß mir die Geschichte mit Monas Nase rausgerutscht ist. Er hat versichert, daß er schweigen werde.

Obwohl Treue mir nie wichtig war, bin ich heute stolz auf die zwei Jahre mit Natalja. Mit ihr redete ich auch am längsten im Kreis; bis jeder nur noch wegrennen konnte. Jeder hatte jemanden zum Unterkommen. Die Stadt ist voller Menschen, die darauf lauern, daß dein Liebesversuch scheitert.

Nachdem ich Natalja verlassen hatte, war ein ähnliches Arrangement vorerst unmöglich. Ich blieb allein, und die wenigen dauerhaften Bekanntschaften aus dieser Zeit haben etwas gemeinsam: die Damen sind vergeben, doch nicht ganz. Seitdem bin ich der Dritte.

Wenn eine Neuerscheinung nicht bald Freund oder Ehemann erwähnte, wurde ich mißtrauisch. Am wenigsten kann ich ein Großprojekt brauchen. Bloß kein aufschauendes Augenpaar!

Dann kam Natalja zurück, blieb eine Nacht bei mir. Es war eine intime Szene aus dem nuklearen Biedermeier; auswendig gelernter Milchglassex. Als hätten wir es für den Frieden getan. Vor dem Frühstück flüchtete ich in einen Plattenladen und hörte das *Colourbox*-Doppelalbum an. Als ich wiederkam, war sie fort.

Die Damen, die mich besuchen, treibt meistens ein Problem zu mir – womit sie unsere Stunden glücklicherweise nicht belasten wollen. Rutscht mir Interesse heraus, kommt es schon vor, daß sie monologisieren, Schuld und Lust loten. Sie rufen mich an oder nicht, sie vergessen mich oder erinnern sich, sie kommen oder lassen mich sitzen, ich verlange nichts, am wenigsten Ehrlichkeit. Sicherlich bekomme ich davon am meisten.

Nie wieder Bibliothekarinnen, Lehrerinnen!

Freie Tage, frühes Aufstehen. Was nach Mitternacht gesagt wird, ist Quatsch oder vorher besser formuliert worden. Mein Projektionsbedürfnis kann ich tagsüber, in der Welt des Konsums, befriedigen.

Ovid: *Wünscht sie es, nähere dich; doch entferne dich, wenn sie dich meidet: Kein anständiger Mensch drängt sich dem andern auf.*

Am Rand des Spielplatzes unten haben Männer und Frauen Sträucher und Blumen eingepflanzt, ein rot-weißes Band darum gezogen, das abends, wenn die Jungen Fußball spielen, als Auslinie dient.

Drei Tage nach dem Sturz gegenüber hat sich an den Vorhängen nichts verändert, und nicht einmal habe ich Licht gesehen.

Konnte Roland es in den ersten Tagen nicht erwarten, mich »kennenzulernen«, und war er bei unseren Begegnungen anfangs ausgesucht höflich, um sich in unseren Lebenswandel einzuschleichen, so zeigt er nun, da er weiß, wo der Kaffee steht, nur noch seinen Rücken.

Ich sprach mit einer Frau, sagte der Mann am Neben-tisch, Sibylle, sagte er, zu seiner Freundin hin, und fuhr fort.

SIE ist hier gewesen.
    Sie sei schon in der Wohnung gewesen, bevor Mona etwas habe erklären können. Dann soll sie an meiner Tür gerüttelt haben. Ohne einen Fluch sei sie gegangen.
    SIE habe überhaupt kein Wort gesagt.

Der Musikreporter lobt einen Musiker, weil der Mu-siker mit den afrikanischen Musikern wie mit Musi-kern zusammengearbeitet habe. Man hätte die Afri-kaner ja auch als Afrikaner behandeln können, und nicht als afrikanische Musiker. Heutzutage aber behandle man einen afrikanischen Musiker wie einen afrikanischen Musiker, und nicht wie einen Afrikaner.

Keine Ruhe für Mona. Erfolgreich hat sie Sekt, Nüsse, Espressomaschinen und Pralinen an Kaufhaussonderständen angeboten. Bei den Pralinen sprach ein Schweizer Geschäftsmann sie an. Von ihren Clipbefestigungsanlagen beeindruckt, denke ich, fragte er, ob sie Schmuck verkaufen wolle. Sie sagte Ja und erwähnte Sonja, die der Schweizer am nächsten Tag, beim Schlürfen einer Weinprobe, begutachtete und ebenfalls anstellte. Start in zehn Tagen.

Bis dahin lassen Sonja und Mona sich auf Herrenempfänge vermitteln, wo ihre Anwesenheit bezahlt wird. Den größeren Teil verdienen sie damit, daß die Herren das Nachtbarprinzip verinnerlicht haben und sich, ohne zu zahlen, nicht voranwagen. Und mit deren Großzügigkeit steige die Bereitschaft der auf diese Weise überlebenden Damen, so Rolands Rede nebenan.

Nun habe ich alles gelesen. Auf dem Boden sind so viele Zettelstapel verteilt, daß ich noch fünf Schritte machen kann, vom Tisch zur Tür. Tagelang habe ich Blätter von einem Stapel zum anderen geschoben. Ich kann nicht sagen, warum. Diesen Teil der Arbeit verstehe ich selber nicht. Jedenfalls gab es dann wirklich einen Moment, in dem ich sicher war, daß, was meine Zwecke betrifft, jedes Blatt sich am richtigen Platz befand. So liegen die kleinen Stapel immer noch.

Mittwoch, 2. April

Kirre

Ulf reckte sich aus dem Fenster, Vera zog ihren Kopf zurück. Sie ging einmal zügig durch den Schloßgarten. Nun fand sie es übertrieben, die Zigarette in den Briefkasten gesteckt zu haben.

Du bist mir eine Erklärung schuldig, rief es von drüben. Wieder hatte sie am Fenster gestanden, ohne sich dessen bewußt gewesen zu sein.

Was für eine Erklärung?

Die Zigarette.

Das betrifft nur uns.

Trotzdem! Ich will das klären. Ich komme morgen um vier.

Vera nickte und tauchte aus dem Fensterausschnitt. Kurz danach klingelte es. Sie wußte Bescheid. Um ihn herum lagen Ledersachen, eine Tasche, ein schwarzer Helm.

Ich will das gleich klären.

Komm rein.

Nein. Ich komme nicht in deine Wohnung.

Wieso?

Nicht in deiner Wohnung.

Eher so Flurgespräche, ja?

Ich muß gleich weg.

Ulf hob das Lederzeug auf und trug die Dinge in ihren Flur, ohne Vera aus den Augen zu lassen.

Komm rein, ich zeige dir, wo ich immer stehe. Und warum.

Nein. Weiter gehe ich nicht.

Sie zitterten und versuchten, nicht zu zittern. Vom Flur aus fragte er, warum sie die Zigarette durchgesteckt hätte. Darauf sagte sie, wie zum letzten Mal: Komm rein. Sie ging vor, er kam nach.

Er schaute auf die Instrumente und sagte: Du bist *Vera Danke*. Er holte Zigaretten aus der Ledertasche im Flur, sie schenkte ihm Wein ein. Er zählte die Lieder von ihr auf, die er kannte. Sie lächelte wie öffentlich. Sie zitterte noch, er sagte: Es gibt Menschen, die im Näherkommen schöner werden, und Menschen, die im Näherkommen unschöner werden. Hat sich was Entscheidendes geändert? Sie schwieg. Wenn sie auf die Fenster zurückkam, amüsierte er sich nur noch. Ob er ihr etwas vorlesen dürfe. Er ging zu seinen Sachen, kam mit einem schwarzen Buch zurück und las ihr eine Stelle vor:

»Neulich, als ich die Jalousie hochziehe, steht oben die Frau am Fenster, die nachts immer Licht hat, und sie guckt runter. Ich lege mich hin und merke, daß sie immer noch runterschaut. Am nächsten Morgen wieder. Heute morgen nicht. Und jetzt fehlt sie mir schon.«

Vorhin bin ich dir noch eine Erklärung schuldig gewesen, jetzt liest du mir das vor. Ich dachte, du mußt gleich weg.

Ich hatte nicht gewußt, was für eine Nachbarin ich habe.

Wenn sie geschmeichelt ist, will sie wissen, wie es weitergeht. Mehrmals klingelte ihr Telephon, sie ging nicht hin. Als sie nichts zu trinken hatten, wechselten sie ins *Ikks*. Eigentlich, sagte er, will ich schreiben, aber in Wirklichkeit bin ich Hilfsarbeiter. Jeden Tag schreibe ich was in dieses Heft. Auch heute abend werde ich noch etwas reinschreiben. Vera verdrehte die Augen. Gegen zwei hörte sie nur noch die Stimme, nicht, was sie sagte. Sie hatten Einverständnisse leise gefeiert und waren bei den Unterschieden vorsichtig gewesen, wie man es nur tut, wenn man sich nicht zu kennen meint.

Ulf holte sein Zeug aus ihrem Flur und drehte ab, ohne zu zögern. Auf ein Zögern war Vera vorbereitet gewesen. Dann schaute sie zu, wie er ins Bett ging, unter der Decke lag und hochsah.

Wenn sie nach Hause kommt und Stille will, ruft gleich danach oft Remo an und fragt nach ihr. Nun wartete sie auf seinen Anruf, und er kam nicht. Es war drei Uhr. Er hob nicht ab. Sie würgte einen Joghurt hinunter, ließ es minutenlang klingeln; ging hin und her und sah in seinem Fenster eine Zigarettenglut. Kam sie vom Küchenfenster, ging sie auf die hinteren Fenster zu. Hatte sie eben zu Remo geschaut, schaute sie nun zu Ulf. Fenster in andere Richtungen hat ihre Wohnung nicht. Sie zog die Vorhänge vor. Das silbergraue Heft war voll, und sie öffnete ein mattes blaues Heftchen mit schlechtem Papier und dem Charme des Schmuddeligen, das sie in Leipzig gekauft hatte.

»Nach x Tagen kriegt er sie mal ans Telephon, und sie sagt, daß er sie vom Arbeiten abhält. Du hast dich getäuscht. Dieser Hermann war so frei, aus dem Küchenfenster zu gucken, und als ich anrufe, ist natürlich niemand da. Wie auf dem Tablett habt ihr im

Ikks gesessen, und vielleicht habe ich eben beim Frühstück gestört. Telephonterror in der Nacht. Mit diesen Augen geht er nicht unter Menschen. Er liegt am Boden, er wird aufstehen, das ist sicher. Treibs mit deinem Hermann, mit Tally, Funkel. Lieber E., er spielt nicht mehr mit. Er hat der Frau getraut. Sie haut drauf, er wächst.«

Heiligabend schrieb er Post an sich selber. Er warf die Briefe und Karten weg, jede der erfundenen Handschriften erinnerte ihn an seine. Das Landvogelfedersofa war nicht mehr mitten im Zimmer, sondern an der Wand; daneben der Schrank. Der Schreibtisch stand schräg am Fenster, so daß er auf die Straße und in Veras Küche blicken konnte. Die Scheiben waren geputzt, er hatte kaum geschlafen.

Als es bei ihm klingelte, rührte er sich nicht. Als Vera wieder drüben war, öffnete er die Wohnungstür. Ein Zettel klebte daran: »Wo bist du?« Gleich danach das Telephon.

Er kam in die Trostlosigkeit nach Geschäftsschluß, die an diesem Tag noch mehr auffiel, begegnete Pennern, Abwegigen, Unentschlossenen. Ein paarmal weinte er; die Melodie von *Wifala* ging durch ihn hindurch, sie war treffend für seinen Zustand. »Am Sportkanal mußte ich vor einem flüchten, der mich trösten wollte. Dann sagte ich vor mich hin: es ist ernst. In der Straße begegneten mir Mütter mit Kindern, die sich einen Vater wünschten.«

Er ging zu Vera. Der Flur war weiß gestrichen, die Arbeitsplatten waren blank, Weihnachten war fern, nichts lag herum. Die wenigen Möbel waren verrückt, und sie hatte die Haare hochgesteckt. Neue

Küchenstühle. Die Weingläser stellte sie auf den Küchentisch, nicht wie sonst neben das Bett.

Sie saßen sich gegenüber und schwiegen. Sie: Was ist? Du kommst und sagst nichts. Sie nahm ihr Glas und ging zu den Maschinen. Beim zweiten Glas allein in der Küche hatte er das Gefühl, nüchtern geworden zu sein. Vera benutzt dieses Weggehen gern, um ein Zukommen auf sie zu arrangieren. Er goß noch einmal nach und sah, daß er ihrem Parka gegenüber saß. Als sie im Bad verschwand, zog er das schmuddelige Heft heraus und vergewisserte sich, daß er es war, von dem sie, wie sie geschrieben hatte, »zu viel weiß«.

Er wollte aus dem Fenster schauen und sah Ulfs Fenster. Ulf sah ihn und verschwand im Hintergrund. Nun spürte Remo, daß er betrunken war.

Wollen wir morgen rausfahren?

Ich will arbeiten.

Was arbeitest du denn?

Darüber spreche ich nicht, sonst − verfliegt es.

Und morgen abend?

Bin ich verabredet.

Dann ruf mich an, wenn du Zeit hast.

»Wie zum letzten Mal« ging Remo aus der Wohnung, dem Haus, und im *Trafo* feierte er, nicht ausgerastet zu sein. Er setzte sich in den Kopf, einen Wohnungsschlüssel auszubuddeln, den er noch zu haben meinte.

Am Morgen fühlte er sich, als hätte er wieder Arbeit. Er war ausgeschlafen, die Haut war frisch und gespannt, als hätte sie sich über Nacht erneuert; er stellte eine Liste auf:

1. Keine Anrufe
2. Keine Besuche
3. Schlüssel
4. Abwarten
5. Rüber

Er räumte die Kammer aus und fand im Seitenfach einer Reisetasche ihren Schlüssel. Es war der erste Weihnachtsfeiertag. Remo fuhr zum Stadtwald. Er kam an einer Stelle aus der Ubahn, die er nicht kannte und hatte sich zwischen einer Autobahnbrücke, einem Parkhaus und der Leihbücherei zurechtzufinden. Als er einen Durchgang zum Wald entdeckt hatte, zerplatzte vor seinen Füßen ein Stück Scheibe, es riß durch ihn hindurch und zerbröselte unter ihm. Jemand schrie. Er ging zurück, fiel gegen eine Hauswand, rutschte runter. Arme und Stimmen ließen ihn nicht in Ruhe. Eine Stimme konnte er von den anderen unterscheiden, eine Frau sagte, er solle zu ihr kommen, sie wohne hier, sie kümmere sich um ihn.

Er wünschte aus diesem Traum entlassen zu werden, der ihn in ein Musikzimmer wie Veras Musikzimmer geführt hat; Instrumente Maschinen Bänder Kassetten Mikros; der ganze Plunder lag herum, und die Dinge waren etwas älter als bei Vera. Dann wurde er wach und begriff, daß alles so war, wie er es geträumt hatte. Er ging zu dem Fensterloch und schaute runter. Dort waren keine Scherben mehr.

Durchzug?

Ja, Durchzug.

Sie telephonierte. Er hörte, daß sie für fünf verabredet gewesen war, nun absagte und sich dadurch Ärger einhandelte.

»In aller Stille legte sie den Hörer auf.« Mit diesem Satz beginnt ein Gedächtnisprotokoll, das Remo nach dem Vorfall anfertigte:

»Sie kam zum Tisch zurück.

Daß du essen kannst.

Es hat mir beinah das Gehirn gespalten, nicht wahr?

Tut mir leid. Durchzug.

Warum hast du die Verabredung abgesagt?

Ich wollte nicht mehr.

Weil ich hier bin?

Auch.

Du hast mich fast erschlagen.

Nun gebe ich dir zu essen.

Du machst Musik?

Ich schreibe Lieder für andere.

Schlager?

Geschäft und Hobby. Schlager und Schnulzen. Die Leute wollen belogen werden.

Wie lebt man als Musikerin?

Siehst du doch.

Hier komponierst du?

Ja.

Im Durchzug.

Ich hatte bis eben gebügelt.

Warum bügelst du nicht weiter?

Hat Zeit. Ich habe das Gefühl, dir was schuldig zu sein, nach dem Schreck.

Ich habe mich nicht erschrocken.

Bist du satt?

Ja.

Außerdem lerne ich gern neue Menschen kennen.

Neue Menschen. War das dein Freund, dem du abgesagt hast?

Ist doch egal.

Neue Menschen sind interessanter als die, die man schon kennt, nicht wahr?

Ja, oft.

Ich konnte mit der Frau nicht mehr reden, war bedient, komischerweise den Tränen nahe. Unterwegs schaute ich die Lissys, Veras, Billis an. Frauen auf dem Bahnsteig, Frauen in der Ubahn. Ich nahm ein Taxi.«

Im Hausflur stand Vera, wollte einen Zettel durch den Schlitz schieben. Sie sagte, wie oft sie angerufen, wie oft sie vor seiner Tür gestanden hätte. Außerdem wollte sie wissen, wo er herkäme.

»Sie ging mir nach, in die Wohnung. Als ich aus dem Bad kam, streckte sie sich vom Papierkorb hoch.«

Sie betrachtete die neue Möbelordnung. Was er am Abend tun würde. Er nahm ihren Wohnungsschlüssel vom Schreibtisch und sagte, er sei verabredet, wie sie.

Er saß am Schreibtisch und schaute zu Vera hinüber. Das Radio brachte ein Hörspiel. Er empfand als angenehm, daß Stimmen im Raum waren. Die Stunde bis neun war schnell vergangen. Er rief an, sie nahm ab, er legte auf. Um halb zehn gingen ihre Bad- und Küchenlichter aus, sie kam aus dem Haus und verschwand in dem danebem.

Kurz vor zehn ging er rüber. Zuerst klingelte er; dann öffnete er. Hinter Ulfs Fenstern brannten Kerzen. Er sah eine orangene Hose, die ihre sein konnte, Arm und Armband, die ihre sein konnten. Sie saßen auf dem Boden, Vera und Ulf, zwischen ihnen ein Aschenbecher, Wein, Gläser. Bald war es ihm langweilig, den beiden zuzuschauen. Zudem hörte er sie, da die Fenster offen waren. Später saßen sie auf den Sesseln, und Vera hätte mit einem Dreh hochschauen können. Er hörte, daß sie über Musik redeten, Vera in der ruhigen Art, die Remo mag. Er hörte, daß sie sich wohl fühlte. Die beiden verließen die Sessel, Lichter gingen an und aus, im dunkleren Schlafzimmer erkannte er ihre Rücken. Ulf lehnte sich zurück, zog eine Decke über sich. Vera saß noch. Remo legte eine Kassette ein, auf der ihre neuen Lieder aufgenommen waren. Unten glommen keine Zigaretten mehr. Die Decke lag über beiden. Remo wollte nicht, doch mußte er registrieren, was so schnell nicht wieder zu sehen sein würde. Die Kassette gab keine Hinweise. Kaum Texte. Er zwang sich, noch eine Zigarette lang zu bleiben, ging dann am *Trafo* und am *Ikks* vorbei, setzte sich an eine Theke, die er nicht kannte, trank schnell zwei Bier und verlor sich in dem Sport, nur Teile der Barfrau zu betrachten, nie die ganze Frau. Auf dem Rückweg empfand er seinen Schleichgang als Einladung zu einem Überfall. Er rannte den Rest des Weges, kaufte in einer Bar teures Dosenbier und setzte sich an seinen Schreibtisch. Um halb fünf ging das Licht bei ihr an. Zehn Minuten später war es aus. Am zweiten Weihnachtsfeiertag blieb Remo im Bett, notierte, was geschehen war, und endete mit dem Satz: »Ich liebe sie *doch*.« Am nächsten Tag kaufte er ein neues Schloß.

Vera. Wieder flimmerten ihre Blicke an ihm vorbei. Nun flimmerten auch seine an ihr vorbei. Sie stand hinter einem Milchglas.

Gestern hatte ich eine seltsame Begegnung, sagte Remo, und begann, die Schrankschlösser auszuwechseln. Ich bin fast von einer Scheibe erschlagen worden. Dann holte mich eine Frau von der Straße und gab mir was zu trinken. Die Frau ist Musikerin. Sie hat mir gezeigt, in welchem Spiel ich mitspiele. Ich habe gelernt, daß das Neue wichtiger ist als das, was man hat. Sie hat ihrem Freund abgesagt, weil ich da war, und du hast mir abgesagt, um bei Ulf zu schlafen.

Ich habe nicht mit ihm geschlafen.

Das habe ich nicht gesagt.

Sie wollte wissen, woher er das wußte, sie wollte wissen, seit wann er rauchte.

Und die Unterhaltung ging nicht im Bett weiter?

Wir wollten nicht mehr sitzen, da haben wir uns hingelegt.

Und das ist selbstverständlich.

So was gibts doch.

Kommt also manchmal vor.

Nein! Zehnmal habe ich dich angerufen, fünfmal war ich hier.

Ich will allein sein. Geh bitte.

Und was ist mit Billi?

Wer ist Billi?

Kennst du nicht mehr? Der Zettel sieht aber nicht

so aus. »Schade, daß du nicht hier warst. Ich hatte eine Überraschung für uns. Billi.«

Sonst noch was?

Ja. Wie hieß die Musikerin?

Weiß ich nicht.

Glaub ich nicht. Du willst mich fertigmachen.

Damit traf sie ihn in dem Moment, als kein Milchglas mehr zwischen ihnen war; bevor die Tür einhakte.

Am Morgen wurde er von Wintersteins Anruf geweckt. Im Januar könne er einen Probemonat machen. Remo sagte Ja.

Nach Weihnachten war Wochenende, dann Silvester, dann wieder Wochenende. In dieser Zeit nehmen Tagebuchschreiber Datierungen nicht besonders ernst.

Remo rief an, brüllte und schimpfte, so daß sie zuerst nicht zu Wort kam und es dann nicht mehr wollte. Sie legte den Hörer zur Seite, ging umher und dachte, daß sie ihn nicht so behandeln dürfe. Sie wünschte zu sein, was man aufrichtig nennt; nichtmal authentisch kam sie sich vor. Sie dachte, er werde sie verlassen. Als sie den Hörer wieder nahm, klang die Leitung matt, sie legte auf, es klingelte.

Ein Rundfunkreporter wollte ein Interview. Sie läßt keine Journalisten in ihre Wohnung und verabredete sich für den nächsten Morgen in den Büros der Plattenfirma. Dann klingelte es an ihrer Tür.

Remo ging gleich zum hinteren Fenster durch, schaute zu Ulf hinunter und rechnete ihr vor, was er eingesetzt und nicht wiederbekommen hätte. Als sie merkte, daß Remo die Entscheidung, die alles geändert hätte, nicht fällte, daß er nur diese Angst verbreitete, sagte sie, er solle sie lassen, sie könne nicht mehr. Remo sagte, er höre auf, wenn er fertig sei. Je mehr sie redeten, erinnerten, vor- und nachrechneten, vorwarfen und verwarfen, desto unwirklicher wurden ihnen alle Beispiele, die sie erwähnten, die sie nun schon nicht mehr erwähnten, unwirklich wurden die Wörter darüber, unwirklich wurde diese Gegenwart. Sie ließ es über sich ergehen, dachte, daß es zu spät sei, wenn sie es über sich ergehen lasse und war am Ende nicht mehr sicher, was er tun würde. Als er fort war, rief sie ihn an. Trotz Licht in der Wohnung nahm er den Hörer nicht ab. Sie hängte sich an die Sprossenwand und rutschte ab. Sie schrieb: »Die Liebe hat sich in die Kraft verwandelt, die ihr im Weg steht.«

In den oberen Stockwerken wollte sie niemandem begegnen, der sie fragte, ob ihre neue Platte noch in diesem Sommer fertig werden würde, und hatte sich mit dem Reporter in einem Aufenthaltsraum im Keller, wo die Studios sind, verabredet. Ins Radio zu kommen, hatte sie abgelehnt, und als sie auf den Studiostufen saß und wartete, fragte sie sich, vor wem sie sich versteckte.

Der Journalist wollte ein persönliches Gespräch und stellte persönliche Fragen. Vera bediente ihn aus dem Repertoire für persönliche Antworten. Jedoch wollte er Dinge wissen, die sie nicht sagen mochte.

Es geht niemanden etwas an.

Und die Vorbildfunktion?

Angenommen.

Wie?

Angenommen.

Sein Band war gerade zu Ende, das Gerät knackte.

Kannst du das nochmal sagen?

Nein. Das habe ich eben gesagt.

Er drehte die Kassette um und fragte, welche Lokale sie besuche, sie lachte, wo sie einkaufe, sie lachte, warum sie nicht bei *Komponisten gegen den Krieg* dabeigewesen sei, sie lachte, das Band lief, sie drückte die Stopptaste. Sie rückte ihren Stuhl näher und wollte mit ihm blödeln, nur nicht auf Band. Mit ihm war nicht in jener Art, die Veras und Remos Art ist, zu blödeln. Er wollte das Band wieder anstellen.

Die Fans wollen doch mehr zum persönlichen Hintergrund...

Die Fans wollen Sound.

Wollen wissen, wie du lebst, was du tust, wenn du...

Wen ich ficke?

Naja... Bist du verliebt?

Sie sprang auf, riß sein Kabel mit, das Gerät fiel runter, sie krallte sich in seinen Kragen, zog ihm das Hemd, da es unter den Armen gerissen war, über die Ohren und boxte auf ihn ein, bis er in der Hocke war, Hände überm Hinterkopf. Sie rannte hoch. Vor dem Toilettenspiegel nahm sie die Sonnenbrille ab und begriff, daß sie die Nerven verloren hatte. Ein Fingernagel war angerissen. Sie wickelte Klopapier darum und rannte runter, um ihm die Kassette abzunehmen; er war schon weg. Sie blieb sitzen und hörte die Stimme eines Produktmanagers näherkommen. Sie verkroch sich ins hinterste der vier leeren Studios. Durch eine Scheibe entdeckte sie einen Toningenieur, der einen Rhythmus in eine kleine Maschine tippte. Er schien es nicht oft getan zu haben. Als die Stimme des Produktmanagers verschwunden war, war der Rhythmus fertig. Die Maschine spuckte ihn aus, der Mann freute sich über den Effekt, der von einem Tippfehler kam.

Draußen war sie sich wieder leicht und ging Umwege. In den Taschen fand sie Kartenschnipsel aus Remos Papierkorb. Sie paßten nicht zusammen, und die beiden Handschriften kannte sie nicht. Sie las »dich umarmen«, »du mir fehlst«, »Ute«. Manche Buchstabenfolgen kamen ihr bekannt vor, und sie erinnerten sie an Remos Handschrift. Sie ließ die Schnipsel in einen Müllbehälter rieseln.

In diesen Tagen hatte sie den folgenschweren Einfall, ihre Telephongespräche aufzuzeichnen. Sie steckte den Adapter in den Rekorder, drückte das Saugteil an den Apparat, rief sich über eine bestimmte Nummer selber an, sprach in die Muschel und stellte den Pegel ein. Sie rollte den Teewagen mit Rekorder und Telephon neben die Wanne. Als es klingelte, schaltete sie den Rekorder ein und hob ab.

Ich bins. Hast du heute abend Zeit?

Ja, Remo.

Kommst du zu mir?

Ja. Wann?

Um zehn.

Gut.

Bis dann.

Man hört Lachen und Weinen, Singen und Kreischen, Jubel und Jammer. Man hört, daß sie mit den Beinen strampelt und Wasser auf den Boden klatscht. Dann hat sie wieder das Telephon genommen, die Kassette lief noch, und gesagt: »Ich kann mich vor anderen dümmer stellen, vor mir selber nicht. Ich habe gewußt, daß ich so weit gehen konnte. Ich wäre auch so weit gegangen, wenn ich ihn verloren hätte. Ich hatte mich als die Verlassene gesehen, die sich einbildet, nichts mehr zu verlieren zu haben, obwohl sie noch alles hat.« Es gibt eine Pause, in der ich sie grinsen höre. Dann sagt sie: »Und wer ist Ute?« Sie knallte den Hörer auf, hielt das Band an.

Als sie vor seiner Tür stand, öffnete er nicht. Nach einer Zigarettenlänge, die sie auf den Stufen verbrachte, kam er. Im Flur war eine Jacke, die sie nicht kannte.

Wie geht es weiter?

Trennst du dich?

Wie kommst du darauf?

Hast du nicht gesagt, jetzt ist alles anders?

Kann ich dir noch trauen?

Was machen wir?

Triffst du diesen Hermann jetzt immer?

Und wen triffst du? Ute?

Spinnst du? Wer hat denn bei jemand anderem im Bett gelegen?

Woher willst du das wissen?

Das interessiert dich, was?

Wie hältst du es mit mir aus, wenn ich so mies bin?

Warum warst du bei diesem Hermann?

Bist du mal für mich dagewesen?

Bin ich immer weggewesen?

Etwa nicht, tagelang?

Warum nimmst du mich nicht in den Arm?

Soll ich mich aufdrängen?

Kannst du mir nicht zeigen, daß du mich magst?

Ist jetzt nicht mehr alles anders?

Mußt du mir verdammtnochmal immer noch weh tun? Meinst du, die Nacht hat mir nicht gereicht?

Hab ich zu sagen, was jetzt geschieht?

Liegts an mir?

Etwa nicht?

Ich soll entscheiden, ganz allein?

Wer sonst?

Fühlst du dich nicht wie der Betrogene?

Bin ich es etwa nicht?

Nein.

Du spulst dich auf und kannst mir nichtmal in die Augen schauen. Was geht bloß in dir vor?

Vera verknautschte mit den Fingernägeln den Zigarettenfilter. Remo schluckte Dosenbier. Dann legte er, ihr Schweigen sollte nicht die Atmosphäre bestimmen, die Platte von *Random Hold* auf. Mit den ersten Takten kamen Vera die Tränen. Remo legte sich in die Mitte der Boxen und sang mit: *Oh, what happened to you.* Die Platte hatte er nach Veras und Ulfs Nacht bei sich wiederentdeckt und seitdem so oft gehört, daß sie ihm wie die Musik zu dem, was gespielt wurde, vorkam. Manchmal heulte Vera auf, lauter als die Musik, damit er es mitbekam.

»Ich überhörte die Einladung ins System von Schuld-
zuweisen und Trosterpressen, ließ die erste Seite bis
zum Ende durchlaufen. Nach dem zweiten Lied war
sie aus der Wohnung gerannt. Ich bin allein.«

»Tiefer kann ich nicht mehr. Spontaner, verruchter
Gedanke, als Remo die Treppe hochkam: Er könnte
noch blasser sein (er war so fahl wie nie).«

Trotzdem er am nächsten Tag bei Winterstein anfangen sollte, ging er um Mitternacht ins *Ikks*. Im *Trafo*
kannten ihn zu viele; er wollte allein sein. Das blaue
Buch war voll, er begann ein neues; seitenlang erzählte er sich sein Unrecht, und daß er sich den
Rhythmus zurückwünschte, sie zweimal in der Woche zu sehen und sich drei Tage lang darauf freuen zu
können. Durch die Scheibe des *Ikks* sah er, daß Vera,
in grünen Schuhen, auf der anderen Straßenseite da-
vonging. In einem Spiegel sah er seine Augenringe,
seit neuestem waren ihm die Hosen zu weit, so daß er
Gürtel einschlaufen mußte. Er zahlte und ging, lief zu
sich hoch, kramte den Schlüssel aus, ging über die
Straße, in Veras Wohnung.
   Von diesem Besuch bei ihr ist ihm einiges in Erin-
nerung geblieben: der Liedtext *Ich habe ihren Blick
gesehen,* und in einem Buch diese Widmung: »Es ist
schön, dein Nachbar zu sein. U.« Es war *Das Blau
des Himmels.* Außerdem fand er ein sauber getipptes
Blatt mit diesem Text:

> *Vier Uhr früh das Licht noch an*
> *Du liegst nicht neben mir*
> *Fünf Uhr schon die Decke tanzt*

Ich geh umher und frier
Sechs Uhr früh an deinem Tisch
Ich schau auf dein Papier
Sieben Uhr früh –
Ich weiß zu viel von dir

Sie weiß daß ihm Peru gehört
Sie liest wen er trifft und wo
Sie weiß was ihn an ihr stört
Sie mag seine Handschrift

Er weiß was sie am Obsttag macht
Er liest ihre zweite Stimme
Er weiß was sie sich vormacht
Er entdeckt sie im Getümmel

Und was sie sich noch sagen wollen
Das dürfen sie nicht wissen
Nervöse Leser sind ohne Thema
Nervöse Leser weinen ins Kissen

Von ihrer Wohnung ging er zum *Ikks* zurück. Dort klemmte sich Billi zwischen seinen und den nächsten Barhocker, zu nah für sein Empfinden, er konnte sich nach rechts kein Stück mehr bewegen, obwohl das Lokal nicht voll war. Sie müsse unbedingt das Interview mit ihm machen. Er fragte: wo. Sie sagte: nicht im Rundfunk. Er sagte: bei mir. Er wollte sie loswerden, selber jedoch nicht gehen. Wollte darüber nachdenken, was er bei Vera gelesen hatte.

Als er sich, vor einem Jahr noch, in ihren Liebesliedern wiedererkannte, war er glücklich und mußte es mehrmals erzählen. Nun hätte er am liebsten, käme es zur Aufnahme, die Musterbänder vernichtet.

Dann stöckelte Vera ins *Ikks* und klemmte sich an seine freie Seite. Sie schickte einen Blick zu Billi, den Remo in den Spiegeln hinter der Theke sehen konnte. Als er sich selber auf den Spiegeln erwischte, sah er, daß sein Blick zu Vera ihrem zu Billi ähnelte. Keine traute sich angesichts der anderen zu sagen, was ihr auf der Zunge lag. Beide wendeten sich von ihm ab. Billi rutschte vom Barhocker, sagte, sie werde ihn anrufen. Fahrig fragte Vera:

Willst du noch mit mir zusammen sein?

Ja.

Dann laß uns gehen.

Sie legten sich in sein Bett und wandten sich voneinander ab. Zweimal hob Remo zu sprechen an und brach ab. Sie fragte nicht. Er war bereit, alles zu vergessen, aber ihr Stummsein erinnerte ihn nur an alles. Wenn sie so bohrend schweigt, fühlt er sich, als sei er der Hintergeher. Mittags, als sie wach wurden, das gleiche. Er wollte von vorn beginnen, sie, seiner Meinung nach, nicht. Um zwölf verließen sie die Wohnung. Er mußte zu Winterstein.

Noch am gleichen Tag ging Vera über die Straße, in seine Wohnung. Für das neue Schrankschloß hatte sie keinen Schlüssel. Auf der Suche nach einem verräterischen Detail betrachtete sie die neue Möbelordnung. Was ihr blieb, war sein großes Telephon, in das zehn Nummern gespeichert werden können. Sie drückte die Speichertaste und eine Eins, die Nummer wählte sich selbst. Greiner. Sie legte auf, hob ab, drückte die

Speichertaste und eine Zwei. Sie versuchte, die ersten zwei drei Ziffern herauszuhören, um daran den Bezirk zu erkennen, in dem es jetzt klingelte, und wo niemand den Hörer abhob. Unter den anderen Ziffern waren keine Nummern gespeichert. In seinem Bücherregal fiel ihr ein dünnes Heft auf. Sie nahm es und las: »Ich habe es noch nicht gesagt, ich mache meine Pläne ohne sie. Sie zerstört mich. Du wirst dich noch umdrehen nach mir, Vera. Was du jetzt anfassen wirst, wird dir nicht mehr gelingen. Mit mir ist dein Erfolg gekommen, und mit mir wird er wieder gehen.« Es gab Momente beim Lesen, da hätte Vera »auf ihn einschlagen« können, nicht weil seine Sätze verletzend waren, sondern weil manches einfach nicht stimmte. Sie hatte das Bedürfnis, richtigzustellen, was sie nicht zu wissen hatte. Im Treppenhaus riß sie ein Blatt aus dem Schmuddelheft und schrieb: »Sag es mir. Halte mich nicht zum Narren.« Sie zerriß den Zettel und schrieb das gleiche mit Lippenstift an einen Spiegel. Sie wischte es wieder ab und ließ die Schnipsel im Waschbecken zurück.

Da er bei Winterstein war, mußte die Versöhnung an diesem Tag ausfallen. Sie war wütend, konnte nicht arbeiten, erreichte kein Thema. Hängte sich an die Sprossenwand. Blieb schlaff hängen. Ulfs Fenster waren offen, er saß am Schreibtisch. Sie machte ein Zeichen, daß sie gleich kommen würde.

Remo ging zur Bushaltestelle, konnte dort jedoch nicht warten. Der Weg zu Winterstein war ihm versperrt. Wenn ein Bus in Sicht gewesen wäre, wäre er eingestiegen. Auch an der nächsten Haltestelle, zu der er gelaufen war, kam kein Bus. Er nahm die Bahn Richtung Zentrum, um andere Menschen zu sehen, und weil Billi dort wohnte.

Sie las ihm Umfrageergebnisse aus einer Studie zur Lage der Jugend vor. Wenn sie Prozentzahlen und erklärende Sätze sagte, paßte ihr verständnisheischendes Nicken nicht zu ihren indiskreten Blicken und hielt Remo davon ab, die Prozentzahlen mit den Sätzen in Verbindung zu denken. Er betrachtete das Muster ihrer Strümpfe, die schlanken Schuhe, die unbeschädigten Finger, die übers Papier zur Lage der Jugend streiften. Später tranken sie Kaffee und schauten nach unten auf den Boulevard. Billi sagte, Veras Blick vom Vorabend würde sie nicht so schnell vergessen. Sie kannte sie nur aus dem Fernsehen, von Plakaten, und nun offenbar intim genug, um ein halblautes Selbstgespräch über sie zu improvisieren. Sie hätte sogar von Vera Danke geträumt.

Was hast du mit ihr zu tun?

Hast du das nicht gemerkt?

Billi kam wieder auf die Lage der Jugend zu sprechen. Währenddessen hörte er bei ihr ein Lied von *Colourbox*, das ihm besonders gefiel: »Es war ein einnehmender Popsong, den die Musiker mit allen Mitteln zerstörten. Am Ende war das Lied nicht zerstört. Es war an seinen Kanten kenntlich gemacht. Man ahnt die Schönheit des Liedes, und man hört, daß sie nicht zustandekommen kann.«

Als sie bemerkte, daß er ihr nicht zuhörte, fragte er sie nach ihrer Arbeit, er wußte, daß die Freischaffenden sicherer werden, wenn man Interesse für ihre Ar-

beit vorgibt. Oft hatte er Vera damit aus Stimmungs-
tälern geholt. Billi erzählte vom Sozialmagazin, bei
dem sie ihre Brötchen verdiente.

   »Langsam zog ich ihr das Kleid wieder an. Ich
verlangte, daß eine Schulter frei blieb. Sie riß mir die
Sachen weg. Dann half sie mir beim Anziehen.« Er
hat diese Stelle durchgestrichen, doch nicht gründlich
genug.

Am frühen Abend desselben Tages, es war Montag,
der 13. Januar, rief Ulf sie an. Sie machten es sich
zum Spaß, sofort anzurufen, wenn der andere nach
Hause gekommen war.

Vera schreibt gern, unter Zeitdruck, kurz vor dem
Weggehen, noch Zeilen auf, die sie nicht mehr korri-
giert, sondern erst wieder liest, wenn sie zurück-
kommt. Darum schiebe ich an dieser Stelle eines der
Fragmente ein:

> *Wenn du nur willst*
> *Dann steh ich jetzt auf*
> *Ich laß alles liegen*
> *Und komm zu dir rauf*
>
> *Wenn du nur willst*
> *Umarmen wir uns täglich*
> *Und wenn du nicht willst*
> *Komm ich zweimal täglich*
>
> *Wenn du nur willst*
> *Stört dich das gar nicht*
> *Auch wenn du nicht willst*
> *Du bist mein Augenlicht*

Vera nahm eine Flasche Rotwein mit. Von Ulf aus schaute sie zu sich hoch und sagte: So ein Zufall, du und ich, von Fenster zu Fenster, jetzt sitze ich hier, und du sagst nichtmal, Zufall gibt es nicht. Sie bat ihn, die Jalousien herunterzuziehen, wegen der Leute in ihrem Haus.

Bist du traurig?

Ja.

Wo ist Remo?

Jetzt platzte heraus, was noch niemand gehört hatte: von ihrem letzten Auftritt hier, als sie ihn kennenlernte, über den Umzug und Baden-Baden, bis zu seinen Tagebüchern, die sie stellenweise zitierte. Ulf gab ihr zu trinken, kümmerte sich darum, daß sie nicht fror, und war sparsam mit Fragen. Erst nach einem unsortierten Schwall von Selbstbezichtigungen erzählte sie in einer Art Reihenfolge, und nun traute er sich, dazwischenzufragen. Sie hatte einen aufmerksamen Zuhörer. Bis zum Morgengrauen gab es kein anderes Thema. Ulf ließ keines zu. Sie schlief bei ihm und wechselte in der Nacht noch zu sich hinüber.

Am nächsten Tag, nachdem sie zwei Aspirin und einen Liter Wasser geschluckt hatte, versuchte sie, mit Blick auf den Supermarkt gegenüber, zu frühstücken. Sie sah jeden, der hineinging, und wunderte sich doch bei jedem zweiten Heraustretenden, daß er ihr bekannt vorkam. In der Nacht hatte sie gefroren bei Ulf, der nicht geheizt hatte. Nun steckte sie, wie verabredet, die Schlüssel in seinen Briefkasten, damit er sich aus dem Keller Kohlen holen konnte. Am Abend schob sie den Teewagen mit Rekorder und Telephon ins Bad und legte sich in die Wanne. Mit mir ist dein Erfolg gekommen, und mit mir wird er wieder gehen, sprach sie auf Band. Dann: Ich brauche ihn weniger als er mich. Doch es scheint nur so. Sie wiederholte: Es scheint nur so, und lachte.

Es klingelte, sie schaltete die Geräte an und nahm ab.

Weißt du was? Du gehörst an die Wand gestellt, und peng.

Eine Männerstimme. Gleich danach hörte sie das Band an. Der Mann war erregt. Sie ließ heißes Wasser zulaufen. Der sagte wenigstens was. Oft klingelte das Telephon, und niemand sagte was. Sie stellte das Band an und redete: Ich bin das nicht. Mit einem Phantom habe ich zu tun, wenn nicht mit zweien. Was gäbe ich für eine wirkliche Wirklichkeit.

Das Telephon klingelte, sie drückte die Tasten, nahm ab.

Paß auf, daß du noch rauskommst, bevor deine Wohnung in die Luft fliegt, du Nutte.

Wieder ein Mann, wieder aufgelegt; es klingelte.

Veraschatz, was ist los, du hast den Kerl ja abserviert, ich glaube, das bringt dir reichlich Ärger ein.

Tag, Betina. War es im Radio?

Ja, eben.

Ich hatte eine schwache Stunde.

War die stärkste Minute seit langem. Machs gut.

Wieder klingelte es. Sie schaltete aus, tauchte unter.

Nach Betinas Anruf ist Vera nicht mehr ans Telephon gegangen, hat jedoch das Bandgerät angestellt, und auf jener Kassette, von der ich eine Kopie besitze, reiht sich eine hübsche Sammlung dreißigsekündiger Verwünschungen im bereits zitierten Stil auf.

Wachen

Ich habe nur Kohlen geholt. An dem Bund war ihr Wohnungsschlüssel. Habe eine Kopie machen lassen. Ulf Borchers, der bin ich.

Veras Aufzeichnungen verraten, daß sie mich entdeckt zu haben meint, während ich mein Zimmer-Environment dafür eingerichtet habe, daß sie mich entdecken möge. Ich bewegte mich nur für sie. Mona hatte keinen Freund, ließ mich also in Ruhe. Nach drei Tagen war der Spieß umgedreht: Vera beobachtete mich. Fenster verraten mehr als Fenster. Ich wußte immer, ob sie durch den Gardinenspalt schmulte oder nicht. Nur wenn der Mond sich auf den Scheiben spiegelte, waren die Fenster blind. Wollte sie ganz schlau sein, stellte sie sich hinter ihr Badezimmerfenster (was ich jederzeit erkennen konnte, da sie dort einen bestimmten Schatten warf), und daraufhin zog ich die entsprechende Show für ihren Blickwinkel ab.

Ovid: *Liebe ist Kriegsdienst; wer hier träg ist, mag sich entfernen. Dieses Panier wird nicht weichlichen Männern vertraut.*

Die Frau von gegenüber ist zurück, der Hund auch. Sie hat die Möbel umgestellt und sitzt nur noch selten am Fenster. Seitdem häufen sich die anonymen Anrufe. Manchmal ertappe ich mich in der Erwartung eines Winks, der meine Schuld an ihrem Sturz behauptet.

Die Frauen haben einen der ersten Sommertage dazu genutzt, den Arbeitsplan aufzustellen. Sonja hat die Tage, die sie wollte, bekommen, Mona vielleicht die Hälfte, und Inka übernimmt den Rest.

Marian ist mit seiner Konzeption unter die letzten fünf gekommen. Seine Agentur zahlt eine Sonderprämie. Er weiß auch, wie es weitergeht. Eine der reicheren Agenturen wird mehr Schmiergeld zahlen können. Später werde die siegreiche Firma ihm, der vielleicht den Förderpreis für Kreativität bekomme, Summen nennen (oder auch nicht), um seine Konzeption übernehmen zu dürfen.

Die junge Mutter gegenüber hat eine der hiesigen Mütter auf ihrem Balkon zu Gast. Diese Frau hat zwar gelernt, einem Mädchen nicht zu sagen, es sei *dämlich*, beschimpft ihren Sohn aber so laut als *Blödmann*, daß selbst ich es hören kann.

Ihre Zimmer sind frisch gestrichen. Abends sitzt die junge Mutter an der Nähmaschine oder an der Schreibmaschine. Jeden Abend.

Bei der räumlichen Nähe kommt es vor, daß ich Remo begegne. Würde ihn gern schlicht grüßen. Er zuckt zusammen, wenn ich erscheine, er weiß nicht, wohin mit seinen Blicken und dem zitternden Mund. Er haßt mich, ich las es in einem der Stapel, mit denen ich lebe und die ich nicht anrühren mag.

Heute, 18. April, geht es mir ähnlich wie Vera damals. Ich müßte über all dies sprechen; und je länger ich damit zurückhalte, desto größer wird die Wahrscheinlichkeit, daß es mir am falschen Platz rausrutscht.

Eigentlich hätte ich mit Marian darüber sprechen müssen, allerdings ist eine *gute* Freundin von Marian, Inka, gleichzeitig eine *gute* Freundin von Mona. Der Vertraute, dem ich das erzählen könnte, müßte ein Fremder sein.

Gehe in diesen Wochen allein essen und sitze manchmal in der Nähe von Paaren. Unter Beachtung der Regeln werde ich von den Damen hin und wieder ins Augengeschehen einbezogen, so daß sich mit der Phantasie spielen läßt, sie redeten mit *mir,* und im Innern antworte ich ihnen auch. Könnten sie mich hören, würden sie mich verachten. Eine der Regeln ist die Unablenkbarkeit der Damen, wenn der Herr bezahlt. Dann gelten die tiefsten ihrer Blicke der Scheckkartengalerie, den Papieren, ihrem Wert, und sie schauen wieder urban drein, weisen mich in die gemessenen Grenzen.

Es ist geschehen.
    Ich hatte mich in letzter Minute anders entschieden und nahm nicht das Flugzeug, sondern die Bahn nach Berlin.

Im Speisewagen forderten zwei Zollbeamte in Zivil mich auf, die Reisetasche zu öffnen und den Inhalt aller Taschen auf die weiße Mitropa-Tischdecke zu legen. Während der eine meine Hände beobachtete, öffnete der andere meinen Kugelschreiber, stöberte im Tabak und tastete alle Säume ab. Sie ließen mich aufstehen und faßten in die Taschen, untersuchten die Innenseite eines Gürtels. Den Rasierapparat schraubten sie auf, die Tuben drückten sie ein, jeden der dicken Trenchcoatknöpfe faßten sie einzeln an, um den mit dem Hohlraum zu entdecken.

In Berlin habe ich Robert besucht, der eine Kneipe hat. Bis vor drei Jahren hat auch er in der Packerei gearbeitet, und wir haben mit allerlei Blödsinn die Arbeitsstunden aufgelockert. Außerhalb der Druckerei wiederholten wir gern die Parolen: *Unterbogen! Schlosser! Grün ausfegen! Lose abnehmen! Feierabend, Männer!* Als ich vor einem Dreivierteljahr zum ersten Mal in seine Kneipe kam, stand er an den Hähnen und begrüßte mich, über die besetzte Theke hinweg, mit diesen Arbeitskürzeln. Dann schwärmte er von seinem sieben Monate alten Sohn.

Diesmal stritt er mit einem Gast, sagte, er solle gehen. Seine Augen sind matt geworden, die Haut gelb. Als die Kneipe leer war, drehte er *Cuby & The Blizzards* auf und schwärmte und weinte. Die Frau sei Anfang des Jahres mit dem Sohn getürmt, zurück in Rockerkreise, aus denen sie gekommen sei.

Am nächsten Mittag, bei Weizenbier, lag er vor dem Fernseher und wollte wissen, weswegen ich nach Berlin gekommen sei. Ich erzählte, was im vergange-

nen halben Jahr geschehen war und was ich wochen-
lang in meinem Zimmer treibe. Er schaltete den Fernseher aus und drehte seinen Sessel zu mir. Ich mußte
ihm alles zweimal erzählen. Sehe nun, warum ich zu
ihm gefahren bin: Robert ist mir vertraut und fremd
genug. Wir haben bestens phantasiert. Früher schrieb
er Kurzgeschichten.

Robert fragte nicht: warum, sondern: wie. Aber er
wollte nicht wissen, wie ich mich fühlte, als ich in
Veras Wohnung war oder als ich Remos Tiraden
über mich las, sondern ob ich auf dem Weg dorthin
den Schlüssel in der Hand oder in einer Tasche gehabt, wann Vera Remos Papiere und wann ich deren
Papiere kopiert habe.

Hier gibt es Geschäfte in alter Manier, Geschäfte aus
anderer Zeit, die Apothekerin, den Drogisten, den
Friseur, die grauen Mäuse in der verjüngten Straße,
eingerichtet für ein Publikum, das nicht mehr die
Mehrheit bildet, zugeschnitten auf Bedürfnisse inzwischen Abwesender. Die Inhaber wollen sich nicht
mehr ändern, werden die letzten ihrer Zeit sein, die
das Viertel verlassen.

Die Dreißigjährigen im Viertel, die Mehrheit, seien
nicht krank, und die alten Damen, die monatlich ihre
Wässerchen bei der Apothekerin abgeholt haben,
seien nun weggestorben. Der Drogist sagt, die Häu-
serfronten verrieten es. Nur noch in einem Fünftel
der Fenster hänge die klassische Gardine. Die Jungen
verzichteten ganz auf Vorhänge oder benutzten unge-
musterte Rouleaus, einfarbiges Leinen.

Unser Optiker ist eigentlich Bühnenbildner, der Kneipier ist Architekt, die neue Apotheke sieht wie eine Badeanstalt aus, jedes Geschäft eine Weltanschauung. Der Fleischer ist teurer als jedes Innenstadt-Delikatessengeschäft, die linke und die liberale Intelligenz zahlt den Preis, in Atemnähe Schlange stehen und die markanten Hinterköpfe wie den Markenplunder, mit dem man sich ausstaffiert, betrachten zu dürfen.

Einladung zum Essen von Mona und Sonja. Seit einer Woche stehen sie am Schmuckstand im Kaufhaus. Die Schweizer haben kein Lager, Sonja hat dreißig Kisten Edelsteine in ihrer Küchenkammer gestapelt.

Inka, Marians und Monas gemeinsame *gute* Freundin, wird jetzt, nach dem Studium, in Schmuck machen. Neulich, als der Schweizer hier war, drückten sie ihm Inka als Aushilfe aufs Auge. Mit dem Umsatz zufrieden, ließ er es geschehen.

Habe die Geschichte gefunden, die Robert mir damals aus Berlin geschickt hat:

Eine für sie, drei für mich

Ich bin eine Stunde zu spät. Die Wohnung ist dunkel. Sonst brennt immer Licht abends, wenigstens in der Küche. Sie wird schlafen. Sie hat den flachen Schlaf einer Mutter und hätte mich längst hören müssen. Ich schaue in die dunkle Küche, ins dunkle Badezimmer, und nichts. Denke, daß etwas geschehen sein

kann, und gehe in Schutzstellung, bevor ich ins Zim-
mer biege. Immer noch bewegt sich nichts in dieser
Wohnung bei dieser Frau mit diesem Kind, die ich
alle schon verloren glaube. Ich erkenne ihre dunklen
Haare auf dem weißen Bettzeug. Sie hat eine dunkle
Strumpfhose an und das dünne Kleid darüber. Sie
liegt auf der Seite, die Haare sind weit gefächert um
sie herum auf dem Kissen verteilt. Ich führe meine
Hand zu ihrem Kopf, meine Hand braucht lange, um
diesen Kopf zu erreichen. Ich glaube das nicht. Sitze
an ihrem Bett und glaube das nicht. Sie rührt sich,
dreht langsam den Kopf zu mir und schaut aus klei-
nen Augen. Ich schweige und streichle sie wach. Ihre
Reaktionen sind quälend langsam, aber in Ordnung.
Nach einer halben Stunde frage ich: wieviel? – Vier.
Ich weiß nichts davon, also frage ich, ob vier schnel-
ler wirken. Sie schüttelt den Kopf. Also waren die
drei anderen für mich, sage ich nach einer weiteren
halben Stunde. Sie nickt.

Da ich in die Rolle des Dritten gewachsen bin, habe
ich mir einige Gesetze auferlegt. Ich rufe nie an, ver-
schicke keine Briefe, schlage keine Treffs von selbst
vor und beschwere mich nicht, wenn sie mich verset-
zen. Von mir ist nur die Gegenwart zu erhalten, das
sind die Aussichten. Ich lasse keinen Zweifel daran,
daß ich eine Nebenerscheinung bin und bleiben
werde, wenn auch möglicherweise eine dauerhafte.
Aber wenn sie es vergessen wollen, vergessen sie es –
so einfach ist das –, und *klebrige Naturen, die es*
darauf anlegen, Macht über die Sinne zu gewinnen,
indem sie sich in die geheimsten Winkel der Seele

einschleichen (Strindberg), stellen dann die lächerliche Machtfrage: er oder du. Von da an nennen sie mich »kalt« und »unnahbar«.

Vorsicht vor den Weinenden! Dann, wenn der Tränenstrom stoppt. Je länger, scheinbar hilfloser, sie geweint haben, desto gnadenloser, neben sich befindend, gestehen sie sich im Innern zu, spielen und feixen damit, daß sie nicht nur aus sich heraus, sondern auch in den anderen hineingeweint haben. Trost, so die Erfahrung, kommt eher als der Zusammenbruch.

Vera ist keine Dame wie die anderen. Um sie habe ich mich bemüht. Für sie habe ich das ernste Gesicht aufgesetzt, als ich nach drübenhin fragte, ob die Zigarette von ihr sei. An sie habe ich gedacht, wenn ich allein lag.

(Hin und wieder habe ich die Perspektive, die mir gegeben ist, verlassen und Details beschrieben, die ich nicht wissen kann. Obwohl ich von authentischem Material umzingelt bin, ist das Authentische immer weniger meine Sache geworden. Gestus und Köpfchen eines jeden sind mir bekannt. Außerdem hatte ich Gelegenheiten, nahezu alle Kopien persönlich kennenzulernen, aus denen ich versuche, wieder Originale zu machen. Habe ihnen, auch darum, neue Namen gegeben.)

Nun sind es sieben Wochen, die ich hier sitze und schreibe. Habe es aufgegeben, mich für verschwun-

den zu erklären. Den Job habe ich seit fünf Jahren. Habe einmal alle Studiengänge sausen lassen.
Werde einmal etwas anderes tun als Zeitungen zu
packen. Schreibe darum Sätze wie: *Den Job habe ich
seit fünf Jahren.* Könnte es mir schenken. Weiß es
ja.

Sonntag, 27. April

Fadenspiel

Aufgedreht von Veras Geständnis, fuhr ich am 14. Januar abends zur Druckerei. Die Arbeit beginnt mit einer halben Stunde Pause, die die meisten in der Kantine verbringen. Gewöhnlich sitze ich im Einzelgängerbereich. Wo die Aushilfen unter sich sind, geht es mir zu studentisch zu, die Festangestellten spielen Skat, und wo Aushilfen und Festangestellte zusammensitzen, geben sich diese zu proletarisch, jene zu beflissen. Ich saß allein, und ließ Veras Geschichte durch mein Vorstellungsvermögen ziehen. Rief ihre Wörter zurück, spürte Beschönigungen auf, fühlte, gegen zehn nach elf, mit Remo, hörte die Pausen, die sie gelassen hatte, und vermutete nun, daß Vera an diesen Stellen etwas ausgelassen hatte; zwischendurch, viertel nach elf, mußte ich mich versichern, daß ich nicht träumte, daß Vera Danke es gewesen war, die mir gesagt hatte, sie sei am Ende; fühlte deutlich, daß auch ich es war, der dort saß, und der alles wußte. Zehn vor halb zwölf wurde mir kalt, ich holte das zweite Bier, und für erschreckend klare und schnell erloschene Sekunden sah ich, wohin es führen könnte, daß ich nun ihren Wohnungsschlüssel hatte. Kurz vor halb zwölf, als die Aktentaschenverschlüsse der Skatspieler knackten, spürte ich, daß ich angesteckt war von Vera Danke. Ein Mißtrauensstrom zog durch mich hindurch, ich kaufte zwei Bier und ging in die Halle, an die Maschine. Normalerweise nehme ich die Zeitungen vom Band, lege die Stapel in die Einsteckmaschine, eine Aushilfe füllt die Prospekte nach, eine andere nimmt die Pakete ab und schiebt sie durch die Schnürmaschine, dreißigtausend Exemplare pro Nacht.

Punkt halb zwölf kam die Rotation in Bewegung, zwei Minuten später hoppelten die ersten Fünfundzwanziger-Lagen aufs Band und kamen mir entgegen. SKANDAL stand rot unterstrichen über dem Falz. Ich nahm eine Zeitung und sah Veras Gesicht, SKANDAL IM RUNDFUNKHAUS, daneben eines der weniger gelungenen Photos, und ich las den – bis auf ein Verb – wörtlich gedruckten Dialog mit dem Journalisten. Die Fortsetzung auf den Innenseiten beschäftigte sich mit einer »Skandalkette« in jenem Rundfunkhaus.

Es wurde laut in der Halle, die Aushilfen lungerten herum und warteten auf Befehle, ich gab ihnen keine. Die Maschinen waren auf Touren, sechs Bänder in Bewegung, und diese Zeitung mußte nun durch meine Hände. Ein Meister kam und fragte, warum ich nicht anfinge. Ich teilte die notwendigen Befehle aus, damit die Aushilfen sich bewegten, stellte die Weiche ein und verfluchte diese Nacht, weil ich arbeiten mußte.

Etwas an der Maschine blieb falsch eingestellt, jede Minute hatte sie einen Stopper, ich war in Gedanken bei Vera, nicht bei der Maschine, dann hielt ich das Teil an, winkte einen Elektriker her und rief Vera an. Sie nahm nicht ab, war aber, wie ich heute weiß, zu Hause. In der Maschine blieb der Wurm drin, wir schafften knapp zwanzigtausend Prospekte, fünftausend kippten die Meister zum Müll.

Nach der Arbeit, um halb vier früh, wollte ich mir

Vera und Veras Presse bei Musik und Bier durch den Kopf gehen lassen. Nach kurzer Zeit war meine Meditation beendet, denn Marian setzte sich neben mich. Marian hatte eine Dame im Auge, und daß er bei mir saß, erkannte ich schnell als Schachzug seines Eroberungstanzes. Am Ende aber ist es doch nur ein Abschleppdienst gewesen.

Es folgte, da ich Vera nicht erreichte, ein Jammertag. Ich war tatendurstig und zum Nichtstun verurteilt. Vor dem aktuellen Hintergrund, daß die Stadt über sie sprach, empfand ich meine Mitwisserschaft wertvoll, und an manchen Unterscheidungsanstrengungen, die mir beim Thema des Tages unterliefen, merkte ich, daß ich mir etwas darauf einbildete.

Mittags sah ich Remo von weitem kommen, ich wechselte die Straßenseite und verschwand in einem Geschäft, wo ich nichts zu kaufen hatte – einem Reisebüro.

Remo muß an jenem Mittwoch auch ziemlich durcheinander gewesen sein. Morgens lag ein Zettel von Vera in seinem Briefkasten: »Ich rufe dich am Nachmittag an, bitte geh ans Telephon.« Dann, auf dem Weg zum Bäcker, der am Zeitungsladen vorüberführt, sah er die Bescherung. Ich hatte das Vergnügen, ihn, vom Reisebüro aus, zu beobachten, und weiß seitdem, wie es aussieht, wenn jemand wie angewurzelt stehenbleibt.

Remos Tagebuch weist nach dem Besuch bei Billi eine Lücke von zwei Wochen auf. Ich habe dafür nur die Erklärung, daß man selbst als Tagebuchschreiber zeitweise nicht daran denkt, etwas zu notieren – meistens aus zwei Gründen: sinnlicher Überschwang oder Weltunterlegenheit. Bei Remo ist beides möglich gewesen, auch beides zusammen.

Unter Verletzung der mir gegebenen Perspektive (was ich einer sogenannten Genauigkeit oder gar Authentizität vorziehe) behaupte ich, daß Vera am 15. Januar alle Verkleidungskünste aufgeboten hatte, um ungeschoren den Flughafen zu erreichen.

Im Flugzeug wollte sie Remo, nicht Betina neben sich haben, im Flugzeug fiel ihr ihr letzter Besuch bei ihm ein, als sie gelesen hatte, er mache seine Pläne ohne sie. Sie versuchte das letzte Gespräch mit ihm zu erinnern. Es fiel ihr viel Geschriebenes von ihm ein, und wenig, das er gesagt oder getan hatte. Im Flugzeug zählte sie die Tage, die vergangen waren, seit sie zuletzt gesprochen, zusammen beieinander geschlafen hatten.

Ihr Anruf bei Remo blieb der einzige aus Wien, es muß eines der Gespräche gewesen sein, in denen sie länger schwiegen als redeten.

Mich dagegen rief sie noch zweimal an.

War ich in meinem Zimmer, dem mit dem Fenster zu Vera, dachte ich an sie, anders konnte ich nicht. Am Abend waren ihre Zimmer beleuchtet. Remo gab sich keine Mühe, seine Gestalt zu verbergen. Ich mußte zur Arbeit.

Morgens um vier hatte ich, ohne es bemerkt zu

haben, eine Entscheidung getroffen. Als ich, kurz darauf, vor Veras Wohnungstür stand, drehte ich um. Steckte zu Hause eine Zigarette an und ließ ihr Telephon klingeln, bis ich aufgeraucht hatte. Dann ging ich erneut. In ihrer Wohnung trieb mich ein Motor dazu, im Schein der Feuerzeugflamme kleine Kästchen und Beutel zu öffnen. Eigentlich hatte ich die Atmosphäre ihres Arbeitszimmers schnuppern wollen (dachte ich noch), hielt es aber nur wenige Sekunden aus, stillzusitzen. Dann kam dieser Motor in Gang und erlahmte erst nach einer Stunde. Ich goß Rotwein ein und schaute aus dem Küchenfenster auf die Straße. Als ich kapiert hatte, daß es nicht die sich spiegelnde Glut meiner Zigarette war, die vor mir blitzte, öffnete ich das Fenster und zog einen Schlüssel aus der Blumenerde. Mit ihm öffnete ich den Koffer unter ihrem Schreibtisch, und ich sah alles, was sie vor Remo verschlossen hält. Es war nicht möglich, gleichmütig darin zu blättern. Tat ich es, erschrak ich vor mir selber. Nachdem ich mich beruhigt hatte, staunte ich ein zweites Mal: in einem Umschlag waren hunderte von Blättern in einer anderen Handschrift, Remos Handschrift, beschrieben, und die Blätter waren Photokopien. Ohne viel gelesen zu haben, packte ich alles ein, schloß den Koffer ab, steckte den Schlüssel in die Blumenerde und verließ die Wohnung.

Manchmal denke ich, ich sei zu weit gegangen. Dann setze ich mich in ein Café, denke über alles nach und komme zu dem Ergebnis, daß in den letzten Monaten keines meiner ohnehin nur als Andeutungen existierenden Lebensgesetze verletzt worden ist. Gewiß sind die Mittel, derer ich mich bediene und deren Vera sich bedient – obwohl alltäglich – keinesfalls selbstverständlich.

Auch in der folgenden Nacht tuckerte mein Entscheidungsprozeß im zähen Sechstausender-Rhythmus der Einsteckmaschine. Als zweiundzwanzigtausend geschnürt waren, wußte ich, daß ich noch einmal sorgfältig ihren Koffer ansehen würde.

Abends stellte ich den Wecker. Um sechs Uhr früh, nach der Telephonkontrolle, ging ich rüber. Es war die Tageszeit, zu der ich Remo dort nicht erwartete. Ihr Arbeitsfeld, das sind zwei große, leer wirkende Zimmer, früher durch eine Tür verbunden, heute durch die Öffnung, ohne Tür. In einem Zimmer steht ein großes Bett, in dem anderen das Klavier und ein Schreibtisch. Die Tür neben dem Klavier führt zur Kammer, wo Instrumente und Technik, in den Regalen Bänder, gestapelt sind. Neben dem Schreibtisch steht ein Anlagen- und Kassettenturm; unter dem Tisch lag der Koffer. Vor ihren Bücherregalen hat sie Jalousien hinuntergelassen. Ich schlug mein Lager am Fußende ihres Bettes auf; sah, schaute ich hoch, weit hinter der Türöffnung das Klavier.

Zwar war, was ich tat, nicht erlaubt, doch war ich ganz auf ihrer Seite. Auch nicht einen Moment lang hatte ich in diesen Stunden das, was ich las, gegen die gekehrt, die es notiert hatte. Vorsichtig ging ich mit den Heften, Zetteln und Briefen um – nicht wegen einer eventuellen Beschädigung. An meiner Behutsamkeit spürte ich die wirkliche Lage meiner Gefühle zu Vera. Ebenso sorgsam wollte ich mit ihr umgehen, in Zukunft, ich dachte: in Zukunft!

Nachdem Vera zum ersten Mal bei mir gewesen war, war sie eine jener Damen, die ich hin und wieder treffe. So hätte es weitergehen können – wäre nicht ihr Geständnis gewesen. Es gab dem Bild die entscheidende Verzerrung. Der Inhalt ihrer Redseligkeit beschäftigte mich eine Woche lang, aber es gelang mir nicht, eine Meinung dazu zu formulieren, geschweige denn eine klare Empfindung zu entdecken. Stattdessen hatte ich ihren Schlüssel kopieren lassen und wußte nicht, warum. Es ist durchaus meine Art, Dinge zu tun, die sich mir erst später erklären. Bin mir bis zu dem Moment, in dem ich vor ihrem geöffneten Koffer saß, selber ein Rätsel gewesen. Nun schien es gelöst zu sein: Ich wollte sie auf der Stelle bei mir haben, mindestens sofort nach Wien telegraphieren, daß ich Sehnsucht habe.

Ich öffnete das Päckchen der Briefe von Funkel nicht. Bin nicht auf ihre Biographie scharf gewesen, nicht auf ihre Heimlichkeiten, las Remos Briefe nicht, auch nicht die Kopien seiner Tagebücher. Ich blätterte in ihren Notizbüchern (Vera schreibt kein Tagebuch) und las nur im obersten, dem silbergrauen. Es machte mich zufrieden und ruhig, zu tun, was sie getan hatte; jetzt, dachte ich, verstehe ich sie. Ich schloß den Koffer zu, legte ihn, wie den Schlüssel, an seinen Platz und setzte mich vor den Turm. Ich fuhr

die Kassette ab, die eingelegt war, und hörte die Anrufe, die sie erreicht hatten, nachdem das Interview
gesendet worden war – hörte sie, als galten sie mir.

Dann drehte sich das Wohnungsschloß, geübt: die
Tür war gleich wieder zu. Eine Südländerin sagte erschrocken Entschuldigung und ging, breit lächelnd,
in die Küche, von wo sie nun ständig zu hören war,
da sie bei der Arbeit sang. Ich hörte ihren Liedern zu.
Auf dem Rückweg beruhigte mich der Gedanke, daß
sie mich zu kurze Zeit gesehen hatte, um mich be-
schreiben zu können.

»O Vera, zwar habe ich mich schon in Abwesende
verliebt, doch wenn sie unerreichbar blieben, nicht,
wenn das Gefühl geprüft werden konnte. Seit Natalja habe ich mich von derartigen Spezialisierungen
unbehelligt gefühlt. Ich hatte mir geschworen – es
war das, was ich eine Erkenntnis nannte, gezogen
aus dem, was ich eine Erfahrung nannte –, mich
nicht zu reservieren für eine einzige andere, da ich
meinte, die anderen seien nicht einzig, sondern ver-
schieden.«

Am Sonntagabend, dem 19. Januar, schrieb ich gerade eine dieser kleinen Anreden an sie. Neuerdings
hielt ich mein Verlangen auf A6-Blättern fest – inzwischen eine hübsche Sammlung, die mir stellenweise
peinlich ist. Während ich mich, schreibend, in pathe-
tische Höhen steigerte, die bei mir nur eine Abwesende auslöst, klingelte mein Telephon, und Vera, in
vertrauter Nähe, sagte: glad to be back home. Ich
sagte: uuh, I need a dirty woman. Sie war verstimmt;

bevor sie zu mir komme, müsse ich mich entschuldigen – was ich tat.

Hatte sie bisher hier wie auf dem Sprung gesessen, so verströmte diesmal die ganze Person den Willen, bei mir zu sein. Ich hatte sie berühren mögen, gleich als sie gekommen war, und spielte dann, bis zum Abschiedskuß, den höflichen Gastgeber. Diesmal drückte sie mich an der Tür fest an sich und fluchte leise: im Flur auf Betina, in der Wohnung auf alles Nachtleben.

Sie war gerädert von Wien, sei gegen ihren Willen mit Betina durch Kneipen gezogen, habe zu viel Blödsinn erzählt, getrunken und geraucht. Das Palaver wolle sie nicht hören, ihr Platz sei an den Tasten, das Palaver stehle die Arbeitsstunden und verwische, wo sie herkomme. Sie sei nun mal nicht auf einer Party zur Welt gekommen. Sie wolle nicht hören, was die anderen für Musik wollten, sondern sie wolle hinaustrommeln, welche in ihr sei. Dazu benötige sie an erster Stelle extreme Ruhe, und sie kündigte eine unbefristete Enthaltsamkeit von jeder Öffentlichkeit an. (Die Wiener Notizen sind vom Zusammensein mit Betina gezeichnet. »Sie redet und redet und zerstört mein Wienschauen durch ihre Wienurteile, die auf einer Kneipennacht vor zwei Jahren beruhen. Anstatt Wien anzuschauen, redet sie nur über Wien. Umgekommen im Geschmacksfeld.«) Sie, Vera, müsse sich wieder ganz klein fühlen, wie vor Jahren. Das Palaver errichte falsche Podeste, ermüde den Artisten. Sie müsse nun schweigen, mit sich sein.

Wieder konnte ich mich bestens einfühlen, weil ich dachte: Mir geht es genauso, wenn ich von Reisen

mit kühnen Vorsätzen zurückkomme und eine Sprache spreche, die ich von mir nicht kenne.

Ich sagte ihr, was ich empfand. Sie merkte, daß es
mir bedeutend war. Sie blieb, legte sich, schweigend,
neben mich. Umso überraschter war ich, als sie früh
am Morgen nicht mehr bei mir war. Die feinen Luft-
züge meiner undichten Fenster haben ihr für einen
Tag den Hals versteift.

Übrigens war es das erste Mal, daß Mona sie bei
mir sah. Zufällig stand sie in ihrer Tür, als ich mit
Vera im Flur flüsterte. (Warum flüsterten wir?)

Vera war mit mehr als einem Vorsatz zurückgekom-
men. Sie kaufte ein neues Diktiergerät und nahm das
erste Gespräch mit Remo auf.

Diesmal ist es seine Idee gewesen, bei *Raimundo* zu
essen. Das Gespräch beginnt abtastend. Als durch
Remos Mißtrauen, ob sie wirklich in Wien gewesen
sei, die Höflichkeiten vorüber sind und Remo den
nächsten halben Liter bestellt, erzählt er in schönster
Offenheit, daß ihr Schweigen ihm bei den letzten
Streits am meisten zu schaffen gemacht habe. Vera
daraufhin, knapp: dann triff doch jemand anderen.
Unbeirrt davon erzählt Remo so ehrlich wie möglich,
was ihn gefreut, was ihn verletzt habe. Er kann jetzt
von sich absehen, kann sich neben das Paar stellen.
Für sie aber gibt es keinen Standpunkt außer sich. Als
sie wieder spricht, kehrt sie Remos Ehrlichkeit gegen
ihn selber, unterläuft – hilflos – seinen guten Willen.
Sie variiert nur diesen Satz: Du mußt nicht mit mir
hier sitzen. Sie blieben nicht lange.

Mir ist damals keine Vorstellung davon gelungen, was es Remo bedeutete, mir begegnen zu müssen. Er fühlte sich als Fremder in der eigenen Straße. Sein Tagebuch gibt Mitte Januar zwar keine Auskünfte mehr, doch sind manche Begebenheiten, die er später erwähnt, diesen Tagen zuzuordnen; die Tiraden auf mich zum Beispiel, und er hat recht. Denn er hat mitbekommen, daß ich ihm nicht aus dem Weg ging. Im Gegenteil: Wenn Mona nicht zu Hause war, richtete ich von ihren Zimmern aus ihr Fernglas auf sein Fenster. Ich fragte mich, was er mit all den Zetteln tun würde, die er Abend für Abend hin- und herschob. Er sah schlecht aus; hatte abgenommen; rasierte sich selten. Ende Januar muß ihm das Geld ausgegangen sein. Er schreibt, die letzten Tage mit ein paar Mark seien anstrengender als die ersten Tage ohne einen Pfennig. Er lieh sich Geld, notierte nicht, bei wem.

Ihre Überlebenszeichen waren Zettel. Er steckte mehrere bei Vera durch, sie heftete ihre an seine Wohnungstür.

»Beim Hermann drüben eine Frau auf dem Balkon. Ich gucke in den doppelten Lauf ihres Fernglases und springe aus dem Schußfeld.«

Sie traf keinen Menschen. Vera hatte kein Konzept für ihre Öffentlichkeitsscheu. Sie erklärte nicht klipp und klar, daß ihre Interessen andere seien, sondern schob Termine oder Reisen vor.

Sie wollte Remo nicht sehen, sie brauchte Arbeitsabende mit offenem Ende. Sie bemerkte, daß die letzten Texte unverhohlen autobiographisch waren. Die -

Unterschiedslosigkeit zwischen ihr und ihren Liedern, notierte sie, sei gerade ihre Stärke, und sie phantasiert von einer Platte zu dem Thema, »von dem man nicht spricht«.

Mit dem Kassettenrekorder für Telephongespräche und die eigenen Räume sowie mit dem Diktiergerät für unterwegs war sie in der Lage, alles mitzuschneiden... Sie baute zwischen Klavier und Fenstern eine Arbeitsecke auf, wo sie Tasten, Verstärker und Bandmaschinen jederzeit bedienen konnte. In die Türöffnung spannte sie einen Vorhang. »Alles als ein Scheitern sehen. Halte mich bloß niemand für jene mit jenem Namen.«

Ich ging kaum weg, saß in meinem Zimmer und verstand die Welt nicht mehr. Natürlich nahm ich ihren Rückzug persönlich. Aber ich meldete mich nicht bei ihr. Es verstieß gegen meine Prinzipien. Ich notierte: »Allerdings verstieß es auch gegen meine Prinzipien, mich in sie zu verlieben.« So ging ich im Zimmer auf und ab und gab mich mit ihren Schatten zufrieden.

Sie arbeitete am Text einer Verlassenen, *Abgehauen.* Sie wußte, wie man einen Song, wie sie ihn sich vorstellte, baute, sie wollte aber vergessen, wie man ein Lied baute, und improvisierend entdecken, wo es mit ihr hin ging. Sie war sicher, verloren zu sein, wenn sie diese Arbeitsphasen nicht mehr haben würde. »Überall Musiker, die alles spielen können. Nur wenige, die etwas spielen *müssen.*« Dann diese Notiz: »Jeder öffentliche Auftritt ist eine Übertreibung. Ich bin Vera Knade.«

Ich wartete auf Vera, Remo wartete auf Vera, Vera komponierte neue Lieder, Remo ging mir aus dem Weg. Dachte ich. Jedoch ist Remo am 22. Januar hier gewesen, und Mona Neugier hat es dabei nicht belassen können. Natürlich mußte sie, da sie Remo vom Sehen kannte, erfahren, was ihn zu mir getrieben hatte, und wenn ich heute die Papiere anschaue, auf denen ich hier hocke, dann ist mir klar, daß Mona wußte, wer Remos Freundin war.

Über diesen Versuch, mit mir zu sprechen, hat Remo keine Notiz gemacht. Später erst, als ich mich gezwungen sah, Monas Wissensstand in Erfahrung zu bringen, entfaltete sich mir die Bedeutung dieses Treffens.

»Er glaubte, er hätte mit Ulfs Freundin gesprochen. So bin ich es gewesen. Erst habe ich mich zum Schein empört, dann bin ich wirklich empört gewesen, wie sie diesen Jungen fertiggemacht haben. Er sieht krank aus.«

Danach wollte Remo nicht mehr mit mir sprechen. Für diese Fälle hatte er Mona, und erst Wochen später, Mitte Februar, als ich wieder einmal von Monas Zimmer aus ihr Fernglas auf Remos Fenster richtete und die beiden dort sitzen sah, erfuhr ich von ihrer Bekanntschaft.

Nun unterhielt Mona sich öfter mit mir, etwa in der Küche, und damals fing auch ihre Macke an, mich zu bezirzen, wenn sie einen Lover hat.

Ich erinnerte Veras Gewohnheiten, kontrollierte abends das *Trafo* und das *Ikks*, manchmal auch den *Himmel*. Ihr Briefkasten blieb ungeleert. Fragte mich bald, ob es überhaupt ihre Schatten dort oben waren. Zehn dieser kleinen pathetischen Anreden hatte ich schon gesammelt.

Am Mittwoch, dem 29. Januar, nachdem ich um fünf Uhr früh von der Arbeit gekommen war – im Gespräch mit der Einsteckmaschine hatte ich zugegeben, daß meine Neugier auf Veras Papiere entsprechend ihrer Abwesenheit zunahm –, stand sie oben und sah zu mir herunter. Ich war elektrisiert, rief sie sofort an. Sie blieb im Fenster. Da saß ich mit dem irr in mir kreisenden Strom und bekam noch zu sehen, wie sie die Fenster schloß.

Heute weiß ich, daß Vera am Vorabend allein in Remos Wohnung gewesen ist. »Er hatte nichts weggeschlossen. Billi also. Und wer ist M.? Sein Stil wird immer besser, vielleicht wird noch was aus ihm. Besonders ehrgeizig, wenn er sich *Er* nennt. Der Schmerz sticht in der Brust, ein eisenhartes Kribbeln.«

Wäre sie noch zu mir gekommen am Morgen, hätte sie das wahrscheinlich erzählt und sich ausgeheult.

Ich dagegen saß wartend im hell werdenden Zimmer und lauschte auf ein leises Klopfen an der Tür. Nach dem Morgenlärm, gegen acht, schlief ich ein.

Sie übernachtete nicht immer bei sich, doch am folgenden Abend wußte ich, daß sie noch kommen würde. Es gab keine Wahrscheinlichkeit, es *war* höchstwahrscheinlich, daß sie kommen würde. Mehr wußte ich nicht, doch dies sicher. Bald hörte ich die untrüglichen Aufschläge ihrer Stöckelabsätze, in dieser besonderen Geschwindigkeit, mit eingebauten

Ausrutschern, unverwechselbar. Sie ging die Treppen hoch, ich legte mich auf den Teppich. Stand wieder auf und schaltete mehr Lampen ein; so konnte ich glaubwürdig nicht liegen, auf Glaubwürdigkeit und Dauer kam es an. Selbstverständlich war meine Haltung so gewählt, daß ich ihre Fenster im Auge hatte, und dort starrten meine Augen hin. Deprimierend viel Zeit verging, die ich hatte, darüber nachzudenken, warum sie nichtmal mehr herunterschaute. Je mehr Zeit verging, desto wertloser würde ihr Blick werden. Dann stand sie dort oben, ich hatte sie nicht herantreten sehen. Lange stand sie oben am Fenster und bewegte sich nicht, wie ich. Das Telephon klingelte. Zuerst nur kurz, dann ein zweites Mal und länger. Ich rührte mich nicht. Mit dem Hörer am Ohr kam sie ans Fenster und schaute herunter. Der Hörer verschwand, das Klingeln endete. In ihren Zimmern wurde es hell. Ich atmete aus. Das hatte ich gewollt, dachte ich, aber als Frage. Ich blieb so liegen, bis ich draußen ihren Gang rattern hörte. Dann stand ich auf, schaute in den Spiegel, steckte eine Zigarette an und pulte das Plastik um einen Rotweinverschluß ab. Mona ließ sie herein.

Was ist mit dir?

Ich habe Sehnsucht.

Sie lachte, mir dagegen wurde alles ernst, ernster, als ich es gemeint hatte. Das Glas, das ich für sie hingestellt hatte, blieb leer. Sie entschuldigte ihr langes Fernbleiben. Ich sagte, es gebe nichts zu entschuldigen, sie war anderer Meinung, ich konnte einen Unterton, der alles zum Vorwurf dreht, nicht abstreifen. Vera sah abgespannt aus, ließ die Mütze auf und den Parka an. Wollte wissen, ob ich Sehnsucht nach ihr gehabt hätte. Ich leugnete. Wo ich abends gewesen wäre. Ich zählte die Lokale auf und stellte mir vor, dort nicht an sie gedacht zu haben.

Ich bin glücklich.

Wieso?

Ich sehe die neue Platte.

Eine Kette von Fragen hatte sich in mir formuliert, jedoch machte Vera mir schnell klar, daß sie »das Thema« nicht nennen könne.

Diesmal war ich nicht der, bei dem sie sich ausheulte und die Lasten ablud. Sie ließ sich die Schultern massieren. Ich begnügte mich mit der Vorstellung, daß meine Neugier auch auf anderen Wegen zu befriedigen sei, und stellte mich ganz auf sie ein, wie sie war; wie ich sie wollte. Später kamen wir doch noch ins Gespräch, sie sagte, Remo betrüge sie, und fragte, ob sie ein Recht habe, sich darüber aufzuregen.

Jeder betrügt jeden, wenn er sich betrügen läßt.

Sie fragte, wo man Mini-Spione bekäme.

Schließlich konnte sie nicht gehen, ohne einige Details über die neue Platte zu verstreuen. Komm bald wieder, hörte ich mich sagen.

So wie Vera sich ausgeblendet hatte, mischte sie von einem Tag auf den anderen wieder mit, klingelte bei mir, ohne sich anzumelden. Ich wollte essen gehen, also gingen wir zusammen essen. Obwohl unsere Bekanntschaft zwei Monate alt war, waren wir – bis aufs *Ikks,* beim ersten Mal – noch nie zusammen in der Öffentlichkeit gewesen. Unsere Unbeholfenheit brachte uns die Sympathie der neugierigen Umwelt ein; ich wäre gern grimmig gewesen, konnte aber nur scheu lächeln. Beugte ich mich zum Tisch vor, lehnte Vera sich zurück. Zweimal hatte ich an der Zigarette gezogen, dann kam das Essen. Um ein Haar hätte ich die Zigarette im Salat ausgedrückt. Vera merkte, daß sie sich bei der Bestellung versprochen hatte, ließ die grünen Bohnen jedoch nicht zurückgehen, obwohl der Kellner es angeboten hatte. Um das Ungeschick zu bändigen, mußten wir darüber sprechen, und die nächsten Irritationen ließen wir in Witzen enden, über die wir nicht recht lachen konnten. Im Treppenhaus waren wir so verhakt, daß wir nicht weitergingen und uns abwechselnd gegen die Wände drückten, bis wir kämpften. Bei mir öffneten wir guten Wein und bündelten alle Erregungen des Abends auf den anderen.

Vera ging wieder ans Fenster, ähnlich oft wie früher. Was ihren Sinneswandel betraf, so spekulierte ich hin und her, dachte nicht mehr daran, ihre Papiere zu kontrollieren. Es war mir auf einmal nicht möglich, in ihren Papieren zu schnüffeln. Seit kurzem steckte sie mir auch wieder Zettelgrüße in den Briefkasten, und ich schenkte ihr *Das Buch Monelle*.

Ich wollte ihre Zimmer sehen, wie sie mit Vera, nicht ohne sie waren, und klingelte bei ihr. Sie war überrascht, da unsere Begegnungen, bis auf die erste, bei mir stattgefunden hatten. Sie schloß die Türen zu den Vorderzimmern. Wir saßen auf ihrer Bettkante, ich schaute durch die Türöffnung in ihr Arbeitszimmer, das mit Instrumenten vollgestellt war; auf Schreibtisch und Boden ein Wust von Zetteln. So wollte ich sie sehen, und nicht ihren Koffer. Sie war blaß und wortkarg. Lehnte sich an mich. Sagte, sie habe Remo wiedergesehen, und zwar – sie zog mich zum Fenster – dort unten in meinem Zimmer. Nachdem ich zur Arbeit gefahren sei, hätten Mona und Remo eine Weile vor den Regalen gestanden und etwas gesucht.

Mir wurde schlecht, ich schlich durch den Schloßgarten. Am Morgen noch hatte ich keine Erklärung dafür gehabt, daß die Anreden an Vera nicht mehr in dem Umschlag waren, in den ich sie gesteckt hatte. Üble Geschichen zogen durch mich hindurch, ich wollte sie stoppen und konnte nicht.

Mona ist nicht zu Hause gewesen. Zwar fiel mir zwischendurch immer wieder ein, daß auch ich in ihren Sachen gewühlt hatte, jedoch minderte das meine Wut darüber, beschnüffelt worden zu sein, nicht im geringsten. Nachdem Mona nicht gekommen war, nahm ich mir vor, nichts zu erzählen, sie lediglich zu beobachten. Anders als die Vorderzimmer, in denen ich jetzt sitze, ist das Hinterzimmer, in dem ich damals saß, nicht abschließbar. Ich ließ nichts Privates mehr offen liegen, es sei denn als Falle für Mona.

Die Tage der Annäherung Veras an mich waren auch die Tage ihrer erneuten Annäherung an Remo. Zu dieser Zeit schrieb sie Liedzeilen, wenig Notizen; dafür liefen ihre Tonbänder mit. Die Telephon- und Gesprächskassetten sind so gründlich numeriert und beschriftet, daß ich die Daten der aufgezeichneten

Gespräche rekonstruieren, mit meinen Notizen vergleichen kann und ganze Tage nachstelle.

Zum Beispiel der 8. Februar.

»Ich will ihn nicht verlieren wegen einer Platte«, spricht sie aufs Band. Anschließend ein Telephongespräch. Vera ruft Remo an.

Wie geht es dir?

Gut. Und dir?

Ich will dich sehen.

Komme ich zu dir.

Jetzt?

Nein. Heute abend.

Warum nicht jetzt?

Dann mehrmaliges Knacken, als hätte sie andere Gespräche oder Versuche, jemanden anzurufen, gelöscht. Es klingelt, und der sich meldet, bin ich. Sie fragt, ob sie zu mir kommen könne, ich sage Ja.

»8. Februar. Vera nachmittas bei mir. Riesenfreude, allerdings abnehmend, als sie sagt, daß sie abends Remo treffen werde (innerliche Zurechtweisung: Das geht mich nichts an – erfolglos). Dann hat sie sich hingelegt, ich daneben. Schön! Nur ging sie zu früh.«

Ich lege Veras Mikrokassette ein, auf der das abendliche Gespräch mit Remo gespeichert ist. Er ist guter Dinge und erzählt von seinem neuen Job. Mitte Januar habe er sich um eine Kraftfahrerstelle bewor-

ben, neulich habe er sich vorgestellt und sei probege-
fahren. Nun trage er einer sechzigjährigen Möbelver-
treterin täglich die Musterkoffer zum Auto, fahre von
einem dunklen Möbelgeschäft zum anderen und
warte davor. Vera hört höflich zu; als er nach Filmen
und Konzerten fragt, sagt sie, sie habe kaum die
Wohnung verlassen. Er fragt nach der neuen Platte.
Vera: Ich zeig sie dir. Sie gehen vom Mikrophon weg,
und Vera, nicht ohne Biß: Das ist meine neue Platte.

Die Rückseite der Kassette spielt wahrscheinlich
an der Bettkante. Die Stimmen sind verändert. Er
buhlt nicht mehr, durch Zurückhaltung, um ihre
Aufmerksamkeit. Sie fragt, was er an den vergangenen Abenden unternommen habe. Rumgegangen,
sagt er. Sie schweigt. Ich höre – da der Aufnahme-
pegel sich automatisch einstellt – nur das lauter
werdende Rauschen, zwischendurch gewollt neben-
sächliche Fragen von Remo, und ich höre Veras
Schweigen, bis kurz vor Schluß der Kassette. Dann
knarrt das Parkett, Remo beginnt:

Du hast es mir möglich gemacht, hierher zu ziehen,
und du hast es mir verdorben, hier zu wohnen. Das
ist nicht mal als Vorwurf gemeint, nur: so ist es.

Die Flüche, die sie einander vorwerfen, beginnen
fast alle mit: aber du. Das Gespräch ist sofort erhitzt,
nur Remos Einstieg mit klarem Kopf erzählt. Jeder
klammert seinen Vorwurf an die letztgehörte Beleidi-
gung, so daß es zu doppelseitigen Rundumschlägen
kommt. Schert einer aus diesem System aus und redet
vorwurflos, kommt prompt die Stelle, an der der
andere sagt, er wisse nicht mehr, worum es gehe...
(Ein Phänomen, das ich aus der Zeit mit Natalja

kenne. Allerdings fehlten mir damals Abstand wie Mittel – zum Beispiel die Aufzeichnung unserer Gespräche –, um zu erkennen, was wirklich vorging.) Vera hält ihm dann vor, sie mit Billi betrogen und mit Mona konspirative Treffen zu haben. Remo fällt ihr ins Wort mit den Namen Ulf, Tally und Bruno. Dann ist es still, rauscht nur noch, die Kassette ist zu Ende, eine zweite gibt es nicht.

Noch eine Begegnung gehört zum 8. Februar. In meinem Notizbuch steht: »Nachts klopft Vera. Auch Mona steht im Flur. Vera will Wein, wir trinken Wein, nach einem Schluck legt sie sich aufs Bett. Morgens geht sie mit der üblichen Eile.«

Ich interessiere mich nicht dafür, was die Damen, die mich besuchen, sonst noch tun. Dazu gehört, nicht an sie zu denken, wenn sie fort sind. Bei Vera gelang mir das nicht. Ich sah oder hörte Vera täglich, sie stellte meine kleinen Gesetze auf die Probe. Öfter rief ich an; Vera sagte: aber nicht jetzt!, und ich wartete Stunden, bis sie kam.

Sah ich sie einen Tag lang nicht, stand ich ähnlich aufschauend hinter meinen Fenstern wie zu der Zeit, bevor sie mich bemerkt hatte. Einer Dame sagte ich ab, weil ich auf Licht in Veras Räumen wartete. Dann erkannte ich Tempo und Farbe ihres Stöckelgangs draußen auf der Straße wieder und sorgte dafür, daß sie sofort ans Telephon ging.

Die Zettel, die als Falle für Mona in meinem Zimmer

lagen, wenn ich nicht zu Hause war, blieben unberührt. Ungeduldig wartete ich, bis Mona fort war.

Sie hatte alles verschlossen, bis auf die Arztrechnung für ihre Nase und das Fernglas. Ich nahm es und machte einen Schwenk zu Remo. Er saß auf dem hellblauen Sofa, Mona daneben. Mein Puls donnerte so, daß ich das Glas kaum ruhig halten konnte. Ich knallte es hin, schaute mich in dem Zimmer um und wurde wütend, weil sie nicht den kleinsten Hinweis auf irgend etwas liegengelassen hatte. Auch damals sah ihr Zimmer zu jeder Tageszeit aus wie für jeden Besuch gewappnet. Nachdem ich an ihren Schränken herumgefummelt hatte, nahm ich das Fernglas. Es war ein stilles Bild: Sie sahen ernüchtert aus und besprachen etwas, Mona lebendiger als Remo, einmal stand sie auf, zog einen Kreis, legte Hundertmarkscheine auf den Schreibtisch und setzte sich wieder neben ihn. Er stand auf und zählte die Scheine. Es waren acht. Ich hörte sie schniefen, obwohl ich sie nicht schniefen hören konnte. Ich bekam auch seine Pinnwand ins Bild: es fehlten die Veraphotos.

Ich wartete und schlief beim Warten ein.

Am nächsten Morgen gelang es mir, mit Mona zu frühstücken. Ich erfuhr, wie Remo zu Mona gekommen, und Mona hörte eine Version, wie Vera zu mir gekommen sei. Ich schaute die ganze Zeit auf ihre Nase. Sie erzählte, was Remo von mir hielt, ich, wie Vera von ihr dachte, und bald war es lustig zu hören, um was für schlechte Menschen es sich bei uns handele, so daß wir das Frühstück mit Sekt fortsetzten. Natürlich traute keiner dieser plötzlichen Nähe, aber wir alberten uns in ein Verständnis, das uns stabiler

erschien als die Kontakte zu denen, über die wir redeten. Nach monatelanger Pause schliefen wir wieder
einmal miteinander. Zudem wurde unser Verständnis
dadurch stabil, daß uns nichts von dem rausrutschte,
was wir wußten, doch nicht wissen durften. In der
Nacht davor, als ich auf sie gewartet hatte, war sie
zum ersten Mal bei Remo geblieben.

In der zweiten Februarwoche (Fasching) verkürzten
sich die Abstände der Treffs von Vera und mir, Mona
und mir, Mona und Remo sowie Vera und Remo.
Jeder kannte die Konstellation. Da Vera zu mir,
Mona zu Remo und Remo zu Vera kam, waren die
Wohnungen ausgeglichen besetzt. In dieser Woche
hatte jeder von uns wenig Zeit für anderes.

Mittags, wenn ich aus dem Bett und Mona von Remo
kam, hielten wir uns in der Küche auf. Jeder wähnte
sich besser informiert, wir redeten nicht viel; warteten lediglich darauf, daß der andere sich verplapperte
und der eigene Informationsvorsprung anwuchs.
    Eines Morgens, ich kam von der Arbeit, bemerkte
ich, daß jemand, also sie, an meinen Papieren gewesen war. Täglich hatte ich mir aufs neue die Anord-
nung der Blätter eingeprägt, und wenn ich wiederkam, lagen sie genauso da wie vorher. Nun hatte ich
Mona ertappt – und noch mehr: die kleinen Zettel
hatte ich extra für sie geschrieben. Ich bin so gemein
gewesen, auf den Zetteln von einem »Bunker« zu
schreiben, der sich im Bad befände. Einmal saß ich in
der Küche und hörte, wie sie nebenan jede Kachel
einzeln abklopfte.

Vera hat einige Versöhnungsbrocken mit Remo auf Band aufgenommen. Selbst sie kam nicht zum Arbeiten, wie sie es wünschte. Täglich fiel Remo bei ihr ein und machte neue Gesprächsangebote. Zwar freute sie sich, daß er kam, doch konnte sie seine letzte Bemerkung vom vorletzten Treffen nicht vergessen, maß seine Versöhnungssätze an seinen Streitsätzen und legte ihm so stolz wie destruktiv klar, daß er mit mehreren Zungen rede, sie folglich nicht wisse, woran sie sei.

In ihrem Kopiereifer schreckte sie nicht davor zurück, das kleine Diktiergerät einzuschalten, wenn sie unterwegs waren. Ich höre, daß sie im Zentrum sind (erkenne die Stimme eines Marktschreiers). Zwischen ihnen müssen einige Meter Abstand gewesen sein, ich höre Remo kaum. Umso deutlicher ist Veras Stolz in diesen Abwiegelungen: »Jetzt auf einmal.« / »Ich dachte, das wäre ganz anders.« / »Sieh mal an.« / »Was soll ich denn davon halten, so plötzlich?« / »Was weiß ich, ob das morgen noch gilt.« Später, im Monolog auf derselben Kassette, wünscht sie, anders zu ihm gewesen zu sein. Dann wiederum will sie sofort den Schlußstrich ziehen, ruft ihn pausenlos an, erreicht ihn nicht, trieselt im Kreis und landet bei mir.

Zudem benutzte Remo Mona und Vera mich, um Neues über den verflossengeglaubten Geliebten zu erfahren. Neben aller Verzweiflung belustigte es sie, das neueste Geheimnis, das sie über den anderen in Erfahrung bringen konnten, nebenher einfließen und wirken zu lassen.

Ging ich, einem Gefühl folgend, ans Fenster und

schaute nach oben, stand sie dort und sah herunter. Kam ich nach Hause, rief sie mich gleich an. Manchmal fragte sie, ob ich am Abend zu Hause bliebe. Ich sagte Ja, sie sagte, sie käme um neun. Um zehn sagte sie, sie käme um elf, dann wurde es Mitternacht. Wenn sie nicht reden wollte, redeten wir nicht. Ihre Abstecher bei mir wurden kürzer und eindeutiger. Bald warf sie sich als erstes aufs Bett. Selten blieb sie die ganze Nacht; manchmal ging sie nach dem ersten Erwachen; oft schlief sie gar nicht mehr ein, sondern zog sich an. Es machte ihr nichts aus, Mona zu begegnen.

Mit der Zeit wurde der Unterschied zwischen Vera und den verschiedenen Damen immer verschwommener. Vera kam, wann sie wollte, holte sich, was sie wollte, und ich gab es ihr. Ich meldete kein Bedürfnis an, meine Bedürfnisse waren befriedigt.

Fulminanter Mona-Auftritt! Ich hätte sie aufs Niederträchtigste hintergangen und inszenierte die miesesten Intrigen gegen sie. Warum ich die Operationslüge in die Welt gesetzt hätte, ohne mit ihr darüber zu sprechen. Ich war mir nicht bewußt, eine Operationslüge in die Welt gesetzt zu haben. Inka hat ihr davon erzählt. Ich sagte, daß ich Inka nicht kennen würde, und Mona: Aber du kennst Marian. Ich: Ob sie meine, nur sie allein habe Grund, darüber zu klagen, beschnüffelt worden zu sein. Damit, und mit der Frage, wie es unserem Regisseur gehe, bin ich sie losgeworden.

Marian ruft an, mit Zeichen. Ich gehe nicht ran.

Robert ist in der Stadt. Hat mich vom Schreibtisch abgeholt, »auf ein Bier«. Es sind zwanzig geworden, und heute morgen ist alles gut.

Robert wollte Neues über Vera, mich und Remo hören, er stellte gezielte Fragen, er gibt mir Gründe für die Vermutung, daß er meine Erzählung zu etwas verwursten will.

Ich: Warum willst du alles wissen?

Er: Mir ist eine Idee gekommen.

Ich: In der Kunst oder im Leben?

Er: Im Leben.

Ich habe keine Frage mehr gestellt und ihn über den Fortgang der Ereignisse nicht informiert.

Robert fragte: Hat er nie ihr Auto durchsucht? Und ich dachte: Warum habe ich ihr Auto nicht kontrolliert?

Spitzenwerte in Rechthaberei und Ratlosigkeit! Der neue Überall-Ort heißt Tschernobyl. Physik und Chemie auf dem Höhepunkt ihrer Popularität und ihrer Unterdrückung. Seit der Reaktorkern schmilzt, wächst ihre Popularität entsprechend der Geschwindigkeit, mit der die Todeswolke um die Erde treibt, und ihre Unterdrückung, indem nicht gemessen wird. Heute, nach siebzehn Tagen, ist kein Kontinent mehr verschont. Seitdem sprechen wir von Dosimetern und Becquerel, Rem und Millirem, Fallout und Washout, Alpha- und Betastrahlungen, Jod 131, Cäsium 134 und 137, Strontium 90, Ruthenium... Die einen haben es immer gewußt, die anderen wissen bis heute nichts. *Ich habe Krebs, was wollen Sie?* Die einen sehen die Katastrophe, die anderen einen Anstieg der normalen Werte. *Seit diesem komplizierten Beinbruch kommen andere Sachen gar nicht mehr an mich heran.* Je weiter die Lebenserwartung unter der Halbwertzeit von Cäsium 137 liegt, desto dürftiger ist die Sorge. Keiner riecht mehr die Gefahr.

Seit ihrem Auftritt neulich knallt Mona die Türen hinter sich zu. Die ganze Zeit hatte ich sie gut im Griff gehabt, nicht zuletzt wegen der Zettel, die sie ernstgenommen hat.

Ärgere mich über Marian. Ärgere mich über mich.

Möchte keinen Menschen sehen. Bleibe zu Hause. Der Boden ist sowieso vergiftet.

Ovid: *Ja, das Verdienst ist klein, von heimlichen Dingen zu schweigen, aber die Schuld ist groß, schwatzt das Geheime man aus.*

Katastrophe zu einem Unfall zu sagen, ist ebenso Teil der Katastrophe wie der Unfall. An ihm geht keine Erneuerung vorbei.

Ellen weiß, was sie abbekommen hat. Ihr Bruder hat ihren Urin gemessen. Natürlich weiß sie nicht, was sie abbekommen hat. Jeder glaubt sein Teil. Jedenfalls sitze ich seitdem eine Stunde länger pro Tag über diesen Papieren, die ich manchmal nicht sehen will.

Bei Sonja ist eingebrochen worden. Alle Kisten mit dem Billigschmuck sollen weg sein. Mona konnte weiter nichts sagen, schniefte nur in einer Tour und rannte aus der Wohnung. Wohin?

Robert soll im Flur die Schuhe ausziehen, Mona besteht darauf. Ich sage ihr, daß es meine Wohnung und er mein Gast sei. »Wenn du hier jemanden mit Schuhen reinläßt, ziehe ich aus.« Da ist Robert schon in Socken; und ich merke mir Monas Angebot.

Das Zeug habe in grauen Kisten gelegen, nach Edelsteinen sortiert (Bergkristall, Rubin, Aquamarin); dreißigtausend Mark sei der Verlust, und Sonja müsse dafür aufkommen, habe der Schweizer gesagt. Mir erzählt keiner was. Habe es aufgeschnappt, nachdem ich meine Tür geöffnet und der wütenden Sonja zugehört habe.

Lieber Robert, für mein Gefühl sitzt du zu oft mit Mona zusammen. Du bist der einzige, der Details zwischen Vera, mir und Remo kennt. Und ich bin extra in eine andere Stadt gefahren...

Das Schloß an Sonjas Tür sei unbeschädigt geblieben. Zumindest erfahre ich so wieder etwas.

Nach Geschäftsschluß, wenn das Grummeln der umliegenden Hauptstraßen nachläßt, versteht man nahezu jedes Wort, das in dieser Straße gesprochen wird. Die junge Mutter hat eine andere Mutter auf dem Balkon zu Gast, die Töchter haben im Zimmer gespielt, sind eben auf den Balkon gekommen und haben gefragt, ob sie sich die Haare abschneiden, bzw. länger wachsen lassen dürften. Als sie wieder abgeschwirrt sind, stellt sich heraus, daß die Mütter – die junge kurzhaarig, die andere langhaarig – von ihren Müttern gegen ihren Willen Haarschnitte verordnet bekommen hatten. Die eine Kleine kommt noch einmal auf den Balkon, sagt: Wenn du nicht mehr über mich bestimmst, lasse ich mir die Haare sooo lang wachsen – sie zeigt bis zu mir.

Ellen war wieder hier. Erzählte, daß sie im Winter einmal Durchzug hatte, eine Scheibe aus der Fassung brach und auf die Straße fiel. Unten habe ein Junge gelegen. Sie sei runter gerannt, habe ihm aufgeholfen und zu trinken gegeben... Ich bin noch nie in ihrer Wohnung gewesen.

Sehe ich Gespenster? Ich sehe keine Gespenster. Sehe an zwei Stellen in Remos Papieren die Andeutung einer Handschrift, die nicht die seine ist. Auf der Photokopie der Photokopie, die ich besitze, zeichnen sich nur die fetten Stellen ab. Beide Male handelt es sich um Abrechnungen mit Vera. Das Wort »Irrtum«, vermute ich, hat sie zwischen »mir« und »wird« eingezeichnet. Die andere Stelle stammt von Ende Februar. Er gibt Vera die Schuld, daß er sich mit »M.« eingelassen habe. Ich erkenne nicht, was da nachträglich hingeschrieben worden ist, aber ich erkenne Veras schwungvolle Bögen.

Drei Monate sind vergangen, seit wir uns aus dem Weg gehen. Vor Wochen ist sie hier hereingeplatzt, hat jedoch nur Mona angetroffen. Tag und Nacht sind ihre Fenster mit weißem Leinen verhängt. Wenn ich an unseren Februar denke, werde ich sogar sentimental, und in den vergangenen Tagen, als ich alles erinnerte, hatte ich manchmal Lust, sie anzurufen. Einmal tat ich es – und legte auf, als ein Mann sich meldete.

Endlich ein Tag, an dem man *vor* dem *Ikks* sitzen kann. Am Nebentisch die junge Mutter. Wir erkennen uns wieder, wollen reden und tun es. Sie sagt, sie kenne Mona, und fragt, was ich über Mona denke. Ich: Ob sie keine Meinung zu Mona habe. Sie: Die habe sie, und nun wolle sie meine wissen. Ich würde nicht als erstes über Dritte sprechen, sage ich und bin bereit, wieder in meinem Gartenstuhl zu versinken, so sehr bin ich an studentisches Gelalle erinnert. Sie jedoch lacht in diesem Moment hell auf, sagt: Natürlich, und scheint, als wäre es ein Test gewesen, erleichtert, daß ich nichts über Mona gesagt habe. Erst in diesem Moment lüftet sie ihr stets kontrolliertes (geschminktes) Äußeres und schaut mir in die Augen. Wie es sich gehört, sagen wir uns unsere Gedanken zu dieser Straße, diesem Viertel, diesem Café. Dann Kinder (mit Blick auf ihre schlafende Tochter), Cäsium/Strontium, Musik. Wir trennen uns, sie setzt sich auf ihren Balkon, ich mich an mein Fenster. Sie heißt wirklich Nadja.

Schaue zu Nadja hinüber und sehe erst nach einer Zigarettenlänge, daß die Frau daneben, die von der Leiter gefallen ist, eine Show bietet. Sie hat sich Mühe mit der Beleuchtung gegeben und trägt im offenen Morgenmantel Gegenstände von einem Ende der Wohnung zum anderen. Hin und wieder muß sie sich drehen, bücken oder strecken, und der Kopf, wenn sie vorüberwedelt, ist minimal zum Fenster gedreht. Ich rutsche aus dem Blickwinkel Nadjas, so daß ich nur noch die Frau sehe, und die Show geht weiter.

Wieder Sitzung: Sonja, Mona, Inka. Roland ist in Verdacht. Es geht um die Frage, wie die Einbrecher an den Wohnungsschlüssel gekommen sind. Außer Sonja habe nur Mona den Schlüssel gehabt. Eben, als Inka auf der Toilette gewesen ist, haben sie geflüstert.

Als alle fort waren, verschwand Mona im Bad und machte wieder diese Geräusche wie damals, als sie die Kacheln einzeln abklopfte. Da meine Zettel sie inzwischen auch in den Keller geschickt haben und die Kacheln von mir nie wieder erwähnt worden sind, ging mir ein Licht auf und lief mir eine Gänsehaut über den Rücken. Die Kacheln als Tip für sie sind mir eingefallen, weil mir früher wirklich einige entgegen-gekommen sind und sich mir die praktischen Hohl-räume dahinter eingeprägt haben. Ich empfand es als Gemeinheit, sie, zu meinem Spott, das Bad auf den Kopf stellen zu lassen, und hätte ihr, als ich Tag für Tag dieses abscheuliche Klopfen anhören mußte, am liebsten einen Gegentip gegeben, was ich mit dem Keller auch getan habe. Daß sie heute immer noch klopft, verheißt etwas. Werde es prüfen.

Eben saß Mona bei Nadja auf dem Balkon. Sie hätte gern gesehen, daß ich sie dort sehe, aber ich habe mich ihr nicht gezeigt. Habe die Gelegenheit genutzt und mich in ihrem Zimmer umgeschaut. Wie erwar-tet ohne Erfolg.

Nun habe *ich* die Kacheln abgeklopft, und ein kleines schwarzes Buch ist mir entgegengefallen. Habe nicht lange lesen können, weil sie bald gekommen ist. Was ich las, waren Flüche auf Inka, Vera, Roland und Remo, der ihr immer noch Geld schulde.

Sie hat angerufen. Wollte angeblich meine Stimme hören. Wir waren guter Dinge; so telephonierten wir eine Weile. Ich erzählte von den Räuber- und Gendarmspielen, die sich nach dem Einbruch hier abgespielt haben. Meine Frage nach ihrer Arbeit beantwortete sie nicht und überraschte mich mit der Frage, wie es mit meiner Arbeit voranginge, und sie meinte nicht die Druckerei. Sofort kombinierte ich, daß Marian, der nicht schweigen kann (wie ich, wie Vera), diese Nachricht über Inka zu Mona lanciert und daß Mona Remo wiedergesehen hatte. Ich sei kurz vor dem Abschluß. Dann unterdrückte ich die Frage, ob sie zu mir kommen wolle; ärgerte mich später darüber, daß mit keinem Wort zur Sprache gekommen war, weswegen wir uns aus dem Weg gehen.

Robert hat mir zum Abschied Ovids *Liebeskunst* geschenkt.

Mit Robert habe ich wenig geredet. Meistens war er schon abgefüllt, wenn wir uns trafen. Mona ist mit Roland fertig, will also nichts von mir, ist sauer wegen der »Operationslüge«. Was Vera tut, weiß ich nicht, obwohl wir telephoniert haben. Remo habe ich nicht gesehen. Habe meinen Wissensstand zwischendurch nicht durch einen Besuch bei Vera aufgefrischt. Sitze mehr denn je zwischen diesem ganzen Material.

Im Kinderzimmer hatte ich einen Schreibtisch und den Gedanken, daß die Zeit, die vor dem Fernsehen verbracht wird, am Schreibtisch genutzt, die schönsten Dinge entstehen lassen könnte.

Merke nach drei Monaten, daß ich diesem Ideal hinterhergewesen bin. Verstehe heute nicht, wie ich das durchgehalten habe. Habe noch nie etwas durchgehalten. Damals träumte ich davon. Was ich jetzt fühle, ist Erschöpfung.

Mittwoch, 21. Mai

Das kleinste Bedauern

Sicher, niemandem aus unserem Kreis zu begegnen, setzte ich mich an den einzigen freien Tisch im *Ikks*. Ich hatte mich noch nicht breitmachen können, als ein Mann und eine Frau, einige Jahre mehr im Gesicht als ich, sich dazusetzten. Er Künstler, sie Journalistin, schätzte ich schnell, er redete von Objekten, sie von Betroffenen. Meist hasse ich, ähnlich wie Vera, das wichtigtuende Palaver am Abend; diesmal amüsierte mich die Bemühung der Frau, die schroff vorgetragenen und gegensätzlichen Urteile über einen Film, den beide nicht gesehen hatten, zu einem imaginären Treffpunkt beider Anschauungen hinzubiegen. Boris, sagte sie und waberte an weiteren Themen. Sie hätten auch die zwei sein können, die eben noch gestritten hatten und wieder Normalität zu spielen versuchten. Aber sie waren kein Paar. Billi, sagte er. Sie ist zweimal zum Telephon gegangen, hat mit niemandem gesprochen, nur gesagt: Er ist nicht da.

Was macht er denn?

Hat seinen Job geschmissen.

Und die Frau?

Ich blicke nicht durch, was die auskämpfen.

Triffst du ihn nicht mehr?

Er geht nicht ans Telephon, er hat Musik an und geht nicht an die Tür.

Dann hat er eine andere Frau.

Du kannst wohl alles nur mit Frauen erklären.

Alles zum Glück nicht.

Sie merkten, daß ich ihnen zuhörte. Als hätte sie das Thema gewechselt, fuhr Billi fort.

Hast du das Interview gelesen?

Ich habe es gehört. Es war peinlich.

Wieso?

Es war nicht aggressiv, sondern ängstlich.

Aber mutig.

Nein. Ängstlich. Die ist nicht gut für ihn.

Billi ging noch einmal ans Telephon. Als sie sich, ohne Anschluß bekommen zu haben, setzte, sprach sie mich an. Boris verhandelte mit dem Wirt.

Wir kennen uns doch.

Nein.

Du bist oft hier.

Nein.

Aber manchmal. Wohnst du nicht da drüben?

Wieso?

Entschuldige.

In Ordnung.

Sie rutschte an einen anderen Tisch. Ich bestellte – nur zum Trotz – noch ein Bier, trank es zur Hälfte und ging.

Marian, den ich in Zürich wähnte, rief mich am 19. Februar an. Es war ein Ortsgespräch. Wir trafen uns sofort bei *Raimundo*, speisten in seltener Ruhe, hatten Glück mit dem Wein. Die Umgebung (lokale Größen) verschwand, ich schaute Marian in die Augen. Sie waren hell. Seine Aufgabe – in der Werbeabteilung eines Gummiriesen – sei interessant, nahezu alles bestens gewesen, jedoch die Abendprogramme – mit Kollegen und deren Frauen an Kaminen zu sitzen oder allein in einer Beiz zu hocken – hätten ihn geschafft. Nach zwei Wochen habe er gekündigt. Nun sei er in der Branche untendurch.

Irgendwann bemerkte ich, daß hinter mir Ellen saß. Wir verkehrten eine Zeitlang mit den gleichen Menschen. Ellen hatte mehr Gesicht bekommen, ich mußte noch einige Male hinschauen, um ihr früheres wiederzuerkennen. Marian ertrug meine geteilte Aufmerksamkeit wie ein Mann, der weiß, daß es ihm demnächst genauso ergehen werde. Ich drehte mich so lange um, bis ich die Ellen sah, die ich kannte.

Mir ist nicht verborgen geblieben, daß ich sie, im Gespräch mit einer Frau, aus dem Konzept gebracht hatte. Die beiden zahlten, wir zahlten etwas später. Draußen kamen wir an den Frauen vorbei, ich sagte Gute Nacht. Ellen sah mich oder das, was ihr vor Augen stand, offen an. Marian ging in seine Richtung, ich in meine. Kurz danach hielt neben mir ein Auto. Ich stieg ein.

Wenn ich diesen Moment und die folgenden erinnere (wobei das Einsteigen der erste, das Fahren der zweite, der Eintritt in meine Wohnung der dritte ist), empfinde ich wieder die fast sprachlose Übereinstimmung, die mir die Sicherheit gab, daß wir, zumindest für diese Stunden, zusammengehörten. Wir sagten wenig, wir konnten alles haben. In einer unheimlich selbstverständlichen Ruhe erzählten wir uns Ausschnitte aus den vergangenen neun Jahren – so lange hatten wir uns nicht gesehen. Ich rätselte, ob wir früher zu jung oder nun zu alt waren. Mein Kopfrechnen wurde gestoppt, durch uns, wie wir waren.

Trotzdem habe ich mich bis heute nicht in Ellen verliebt. Warum? Sie verschont mich nicht, sie verletzt mich nicht.

Als Ellen weg war, rief ich Marian an und entschuldigte mich für meine blaß gewordene Anwesenheit letzte Nacht. Er versprach, sich demnächst zu revanchieren, woraufhin wir ein Essen verabredeten.

Ich trug meinen Körper mit dem Gefühl, das ich durch Ellen hatte, durch den Schloßgarten, blieb dort sitzen, bis mir das Zeitgefühl vergangen war und kam früh oder spät zurück. Hatte weder Lust, deutsch zu denken noch deutsch zu schreiben, und notierte die Sensation mit englischen Wörtern.

Vera rief an. Ich könnte diese Passage unseres Gesprächs nicht wörtlich wiedergeben, hätte sie es nicht aufgezeichnet.
    Was hast du gestern abend gemacht?
    Ich bin mit Marian bei *Raimundo* gewesen.
    Du bist doch zu Hause gewesen.
    Ja, danach.
    Und? Wie war es?
    Was meinst du?
    Hast du einen schönen Abend gehabt?
    (Pause)
    Willst du es genau wissen?
    Nein, ich will es nicht genau wissen.
    Von diesem Moment an war ihre Stimme belegt, und sie sagte nicht mehr viel. Ich mußte grinsen. Sie blieb bitter. Ich erzwang, da ich ihre Schwingungen

nicht haben wollte, das Ende des Gesprächs und schlug vor, daß sie am nächsten Abend zu mir käme. Sie war zuerst einverstanden, rief aber wieder an und fragte, ob sie noch am selben Abend kommen könne. Nachdem ich gesagt hatte, daß ich vor elf zur Arbeit müsse, hörte ich ihr an, daß ihr das noch besser gefiel.

Sie brachte eine Flasche Wein mit. Gegen neun wollte sie zum intimen Teil übergehen, jedoch fehlte meine Einwilligung. Ich ging hin und her, täuschte Tätigkeiten vor und bemühte mich, das Thema zu wechseln. Bin nicht überzeugend gewesen. Sie wollte wissen – und zwar: »genau« – wie das mit den Damen sei, welche Verabredungen ich mit ihnen habe. Da es auf diesem Feld keine allgemeingültige Antwort gibt, erhielt Vera keine, und deshalb fragte sie immer dieselbe Frage. Patt. Am weitesten käme sie, wenn sie die Verabredung, die sie mit mir habe, begreife. Sie wollte das Nachdenken körperlich austreiben, ich jedoch wich wieder aus. Ich fragte, wie es mit der Platte vorangehe. Sie sagte nichts Genaues. Damit verging die Zeit bis halb elf, wir trennten uns.

Ich schmierte Brote, und Mona schlich um mich herum. Es lag etwas in der Luft.

Ich verliere den Überblick. Kompletter Damenwechsel. Wie machst du das?

Meinst du, ich habe den Überblick? Was macht dein Freund?

Witzbold.

Pause. Pause. Pause. Da war noch etwas in der Luft. Endlich holte sie es herunter.

Warum machst du den Jungen so fertig?

Mach ich Jungen fertig?

Remo.

Was mach ich denn mit dem?

Diese Drohbriefe.

Mach ich Drohbriefe?

Weißt du selber wohl am besten.

Die Einsteckmaschine machte mich nicht müde oder mürbe, ihr Takt war das Echo meiner guten Laune. Ich war zu stark, als daß die paar Stunden Arbeit mich schaffen konnten, und ich freute mich auf ein Wochenende ohne Maschine.

Am Freitagabend (21. Februar) war Vera im *Himmel*. Diesen Abend hatte sie für mich reserviert, jedoch hörte ich nicht aufs Telephon. Danach versuchte sie es bei Remo, er war nicht da.

Der *Himmel* liegt nicht in unserem Bezirk, man muß durch die Innenstadt fahren. So erkläre ich mir ihre Notiz, sie sei zum ersten Mal seit Wien draußen gewesen. Sie hat das *Trafo* und das *Ikks* nicht mitgezählt. Am Nachmittag hatte sie geschlafen. Es war die kleine Realitätsuntüchtigkeit der tagelang in der Wohnung Hockenden, die ihr das Gefühl gab, draußen eine Fremde zu sein und klar zu sehen. Die Menschen kamen grinsend zur Tür herein. Vera beachtete nicht deren Auftritte, sondern sah die Leere, die das Theater nötig machte. Sie schaute in die wichtigsten Gesichter und fühlte sich in den Trübsinn ein, mit einem Telephon auf dem Sofa zu liegen und zu überlegen, wen man anruft. Sie sah, daß ein Pärchen sie als jene erkannt hatte, mit der sie nunmal lebte, und Vera schaute die beiden an, als hätte sie sie soeben erkannt. An der Tür stand Mekki. Sie grüßte und ging hinaus.

Der Platz vor dem *Himmel* war nicht wiederzuerkennen. Die Bauarbeiten hatten zur gleichen Zeit an mehreren Stellen begonnen, und innerhalb weniger Wochen waren die Maße verschoben, der Platz ein anderer. Vera fuhr mit dem Auto durch die Stadt, sprach Unverständliches, Übermütiges aufs Diktiergerät.

Freitagfrüh schrieb ich neue Zettel für Mona. Da ich sie nicht offen liegen ließ, sie nach ihnen suchen mußte, schöpfte sie keinen Verdacht. Diesmal wollte ich sie in den Keller schicken.

Am Tag davor hatte ich übrigens Gelegenheit, elf rote Sternchen in ihrem Kalender zu zählen. Neben das erste war, ebenfalls in Rot, »Remo« geschrieben. Ich ahnte nicht, daß es bei diesen elf Sternchen bleiben würde.

Mittags rief Ellen an. Ich könnte nur schwärmen. Selbst unser kurzes Telephongespräch arbeitete in mir verheißungsvoll weiter. Nebenbei, ganz leicht, verabredeten wir uns für den Abend. Im vorhinein von unerwünschten Anrufen genervt, zog ich den Stecker raus und las am Nachmittag einen Eheroman, ohne viel davon zu behalten; die Frage, warum Ellen vierzig, ich dreißig werden mußte, bis wir uns auf diese einfache wie phantastische Weise begegneten, beschäftigte mich.

Bevor Ellen kam, machte ich, reine Routine, einen Gang durch Monas Zimmer. Wie wenig sie von der Kunst des Zettelschreibens versteht, bewies mir das plumpe Exemplar, das auf ihrem Tisch lag: »Was gefunden?«

Was ich wollte, war das Fernglas. Es war an seinem Platz.

An Remos Pinnwand steckten zwei neue Verabilder und eines, auf dem Vera und Remo, wahrscheinlich vor einer Kirche, abgelichtet sind. Dann tauchte Mona auf, in dem schwarzen Kleid, das auf besondere Anlässe schließen läßt. Im Bildausschnitt betrachtete ich sie, wie ich sie selten anschaue, wenn wir uns hier in der Wohnung begegnen. Sie hatte sich quer über das Landvogelfedersofa gelegt. Er ging hin und her, mit Händen in Hosentaschen, Blick auf die Schuhspitzen.

Ellen und ich, wir ähneln uns in dem Ungestüm, jeden Gesprächsanfang zu einer Fetzen- und Fragmentelandschaft ausarten zu lassen, und unser Rhythmus, dem anderen ins Wort zu fallen oder die Themen zu wechseln, ist ähnlich. Wenn wir einander aus der Zeitung vorlesen, amüsieren wir uns, wie es allein nicht möglich ist. Wir brauchen uns nur anzuschauen, und der Dialog ist in vollem Gange. So endete der Freitag, und der Samstag fing so an.

Genaugenommen fing der Samstag damit an, daß ich

mich kurz nach Mitternacht ein weiteres Mal mit dem Fernglas an Monas Fenster postierte. Bei Remo brannten zwei oder drei Kerzen, von der Pinnwand hoben sich zwei glänzende Streifen ab, die Dellen des Photopapiers. Mona lag, Beine hoch, auf dem Sofa, von Remo erkannte ich den Hinterkopf, er saß auf dem Boden. Sie war betrunken, und ihre Hände wischten das Haar unentwegt nach hinten. Zum Trinken richtete sie sich jedesmal auf. Remo schien den prosaischen, Mona den dramatischen Part zu haben. Offenbar wollte er ihr etwas erklären.

Dort, wo heute Nadja wohnt, stand in jener Nacht der alte Mann auf dem Balkon, schlug mit dem Stock ans Mauerwerk und zeigte zu mir her. Wahrscheinlich sah ich ihn spät und er mich schon lange. Erst als ich ihn »Spanner« brüllen hörte, rutschte mir das Fernglas ab.

»Liebe S., ich habe sie weggeschickt, als sie partout bei mir bleiben wollte.«

Ob ich den Telephonstecker rausgezogen hätte.

Das war ein gänzlich anderer Ton, ich griff nach Ellen, ich sagte Ja und sah mit einem Auge, daß ich zu Mona redete, die, Samstagmorgen, eine Drohung, über mir stand.

Du bist wohl nicht mehr zu retten! Du hast mir einen Job vermasselt! Wie eine Blöde warte ich auf den Anruf!

Meine Tür ließ sie offen, ihre knallte sie zu. Ich spürte den feinen Luftzug zwischen Tür und Fenster unangenehm über meine Schulter streifen, stand auf,

stampfte durch den Flur, bereit, etwas zu zerschmei-
ßen, schloß dann doch nur meine Tür und legte mich
wieder zu Ellen, die inzwischen auf dem Bett saß.

Hat sie *Puff* gesagt?

Ja, sie hat *Puff* gesagt.

Jetzt findet sie es bestimmt mutig.

Ellens unbeteiligter, kalter Ausdruck löste Wellen
von Wärme in mir aus, die ich weiterleitete. Noch im
Bett liegend, wollte sie die Jalousien hochlassen, und
ein anderer Strom in mir redete ihr das aus.

Als Mona fort war, zog ich den Telephonstecker
wieder raus. Lange mit Ellen gefrühstückt. Habe
dann eine Platte von Feliciano aufgelegt, was dazu
führte, daß Baden Powell, Fernandito, Cuco Valoy
und Wilfrido Vargas gehört werden mußten, und aus
dem angepeilten Samstag war Salsa, Samba und Me-
rengue geworden. Bald wurde es dunkel. Am Abend
redeten wir darüber, wie es in den Lokalen sein
würde. Wir haben sie uns vorgestellt. Wir haben sie
alle gesehen.

Vera begann den Samstag mit Aspirin und dem Auf-
schreiben ihrer Befindlichkeit in ein neues Schmuddelheft. Sie wartete darauf, daß meine Jalousien
hochgingen, sie rief mich an; vergebens. Auch Remo,
der die Nacht mit Mona zu verdauen hatte, ließ sich
nicht erreichen. Mit Betina wollte Vera nicht sprechen, andere kamen in dieser Stimmung nicht in
Frage, sie war allein, fuhr aus der Stadt heraus, trug
ihren bedröhnten Kopf durch die Landschaft. Drei
Seiten lang schrieb sie die Suada der vollends Verlassenen, nicht nur Remo und ich, alle seien gegen sie,

»es ist zu eng, zu eng in dieser Straße, dieser Stadt. Ich brauche ein neues Lissabon.«

Als die Kopfschmerzen abgeklungen waren, fuhr sie nach Hause und arbeitete von Samstagabend bis Sonntagmorgen an den Rhythmen der neuen Stücke, die ihr bis dahin zu simpel waren.

Sonntagmittag, als ich ein Frühstück für Ellen und mich zusammensuchte, keuchte Mona in die Wohnung. Ich sah an der dünnen Bekleidung und hörte ihrem Atem, der heftiger war als sonst, sowie dem nervösen Schlüsselklappern an, daß sie aus dem Keller kam. Amüsiert davon, wie nebenher Zeuge des Zuschnappens meiner Fallen zu sein, brachte ich Ellen das Tablett ans Bett. Sie hatte die Jalousien halb hochgezogen. Danach fuhren wir aufs Land, pumpten unsere Lungen voll und tafelten in einem Gasthaus.

Ich hatte vergessen, den Telephonstecker wieder reinzustecken, und Mona hatte sich in der Zwischenzeit an dem Apparat vergangen. Es war ein lächerlicher Anblick. Sie war es auch, die Montag früh den Störungsdienst bestellte, und Dienstag kam ein neuer Apparat.

Es gibt Notizen von Vera, die stolz davon Mitteilung geben, die Schnüffelei bei Remo sei kindisch und nicht mehr ihr Bedürfnis. Sonntagabend, nachdem sie ihren Arbeitsrausch ausgeschlafen hatte, auf die Uhr sah und wußte, daß Remo in der Stadthalle war, hatte sich ein Plan gebildet; sie nannte ihn »Lesestunde«.

»Endlich bin ich hinter die Anrede gekommen. Silke war eine Freundin, die, als er zehn war, ertrunken ist.«

Sie las Liebeserklärungen an sich selber, sie wurde weich und begann zu weinen, als sie sich vorstellte, wie er durch die Stadt geirrt war, es floß nur so aus ihr heraus, als sie las, daß er, am Tag davor, Mona weggeschickt hatte, ihr Kopf wurde wieder klar an den Stellen, wo er überlegte, was er mir antun könnte.

Auch Remo hat ihre Hefte gelesen, ich weiß nicht, wie, jedenfalls tauchen regelmäßig mit einwöchiger Verspätung bei ihm Sätze auf, die sich auf Passagen bei ihr beziehen. Immer teilnahmsvoller und vorwurfsloser werden Veras Bemerkungen über ihn. Bei Remo wächst Verständnis für Vera, er möchte »von vorn« anfangen.

Die Tagebuchpassagen von Vera und Remo parallel gelesen, ergeben die korrespondierenden Monologe zweier Menschen, die niemand anderen wollen als wieder sich.

Am Sonntag hatten *Die Glücklichen* hier ihren Auftritt. Er begann um achtzehn Uhr. Vor der Stadthalle traf er Billi. Selbst die Mütter, die auf ihre Kinder warteten, waren jünger als Billi, die hier Stimmen aufnahm und am Montag über das Konzert sprechen wollte. Remo ging zum Italiener vor und notierte seinen ersten Eindruck.

»Das Mädchen ist nicht dagewesen. Ist auch sie, wie so viele, auf *Die Innenminister* umgestiegen? Um sechs dachte ich an das Mädchen und an Baden-Baden. Um acht dachte ich an Vera. Das Publikum ist noch jünger geworden. *Die Glücklichen* hatten das gleiche Programm wie damals.«

Später kam Billi und ließ ihren Brass auf die *Glücklichen*-Musik so laut ab, daß manche sie an ihrer Stimme wiedererkannten und Remo betrachteten. Er widersprach ihr nicht, »da sie sowieso nicht zuständig ist. War alles zu durchschauen. Ich ging nicht mit. Ich sagte: Ich gehe nicht mehr mit.«

Du bist abgehauen
Nur dein Bild hängt noch hier
Du warst gut zu mir
Nur dein Bild hängt noch hier

Niemand hat mich so hypnotisiert
Die Einsamkeit war weggeweht
Nun hat der Wind gedreht
Zu mir

Nur dein Bild hängt noch hier
Ich nehm es nicht ich tret es nicht
Ich seh den Mann der wiederkommt
Zu mir

Unterwegs auf den Straßen
Siehts mir jeder an
Ich bin verlassen o Mann
Wo bist du bloß

Du bist abgehauen
Doch die Liebe bleibt hier

Du warst gut zu mir
Nur dein Bild hängt noch hier
Du bist abgehauen
Doch die Liebe bleibt hier

Dieser Text war am Sonntag oder Montag fertig geworden. Die Harmonizer-Melodie sollte für die Instrumente eines größeren Orchesters notiert werden.

Was hat er dir angetan?

Dienstagmorgen stand Vera an meinem Bett. Zuerst hatte ich geträumt, schlecht geträumt zu haben, und meinen Schweiß bemerkt.

Was hat er dir angetan?

Dem Zifferblatt nach hatte ich erst drei Stunden geschlafen, ich drehte mich noch einmal um.

Ich habe sie nicht aufhalten können, sie ist einfach durchgegangen.

Monas Stimme stoppte meinen Traum, ich öffnete die Augen und sah eine Menge Beweise dafür, daß die zwei an meinem Bett standen.

Ich muß ziemlich zerknautscht ausgesehen haben (bin nachts noch mit Marian abgestürzt), Vera hörte nicht auf, diesen Satz zu sagen, den ich längst kannte:

Was hat er dir angetan?

An-ge-tan?

Wie siehst du denn aus? Brauchst du einen Arzt?

Wieder wurde aus den umherwieselnden Figuren der Traum, den ich träumte. Doch konnte ich mich nicht mehr in ihn einleben, er war fort. Es blieben die zwei an meinem Bett.

Wir brauchen keinen Arzt, der ist nur blau.

Monas Spruch hat mich aus dem Schwebezustand erlöst. Ich sagte das erste Wort:

Ja.

Die Schlafensruhe, die ich mir von dieser Silbe versprochen hatte, war meine letzte Einbildung.

Bitte, laß mich allein mit ihm!

Eine Tür ging zu, wirklich, Vera küßte mich, wirklich, sie schwebte über mir.

Was ist losgewesen?

Fünfundzwanzigtausendmal Ikea, was sonst?

Blaue Flecke? Zeig mal.

Mir geht es gut.

Ihr habt euch geschlagen, nicht wahr?

Ja, wir haben uns geschlagen.

Wenn ich die Spur einer Ahnung gehabt hätte, was mit dieser Antwort (die mir passend erschien, um weiterschlafen zu können) in Bewegung geriet – ich hätte den Mund ins Kissen gepreßt.

Wann?

Wo?

Wie?

Ich hatte nicht den Willen, also nicht die Phantasie, die Geschichte weiterzuspinnen. Wußte nicht einmal, mit wem ich mich geschlagen haben könnte.

Wann? Wo? Sag es doch!

Allerdings fiel mir auch nicht ein, wie ich nach Hause gekommen war. Wo hatte ich mich von Marian getrennt? Hatte ich mich geschlagen und wußte es nicht? Vera rüttelte an mir.

Erzähl du es mir. Du weißt es besser.

Hat er dir aufgelauert?

Frag ihn doch selber.

Ich will es – sie rüttelte im Takt an mir – von dir wissen.

Und ich will, daß du verschwindest!

Gut...

In dieses Wörtchen war alles gelegt, was vonnöten ist, das Gefühl zu verstreuen, sie ginge für immer.

Vera hat das mitgeschnitten. Ich hätte es bis heute für einen Traum gehalten, würde ich ihre Mikrokassetten nicht kennen. Und ich hätte es für eine beliebig verflippte Situation gehalten, wenn ich nicht wüßte, daß Remo ihr einen Zettel liegengelassen hatte: »Ich habe ihn grün und blau geschlagen« (sie hat den Zettel aufgehoben) – und wenn Remo nicht an diesem Dienstag diese Notiz gemacht hätte: »Riesengaudi! Ich bin gleich rüber und habe mir das von oben angesehen.«

Da ich einen Anruf von Vera erwartete, der mir helfen sollte, das Geschehene vom Geträumten zu unterscheiden, nahm ich den Telephonhörer ab. Marian erzählte mit verrauchter Stimme, eben habe eine Agentur angerufen und ihn eingestellt. Das Projekt sei ein Werbekonzept für Heilbronn.

Die Idee, Remo habe mich verprügelt, erzielte Achtung bei Vera. Remo ging jedoch nicht ans Telephon; im Gegensatz zu mir. Ich hatte sie enttäuscht, als ich den falschen Alarm lüftete und sagte, Remo habe mir nicht aufgelauert; nun wußte sie, daß sie entweder seinen Zettel fälschlicherweise für wahr genommen hatte, oder daß es überhaupt eine Finte gewesen war. Nachdem sie das, eine Pause, geschluckt hat (Band ab!), wird ihre Stimme fester.

Ich rufe dich seit Tagen an.

Ich habe nichts gehört.

Ist dein Telephon kaputt?

Der Stecker war raus.

Warum?

War mir alles zuviel.

Du hast ziemlichen Frauendurchlauf zur Zeit.

Was habe ich?

Dauernd Besuch. Richtig?

Mir blieb die Spucke weg, ich legte auf. Ich lief, um nicht gegen Wände zu rennen, zum Schloßgarten. Dieser Ton war neu an ihr. Abends behauptete sie, ich hätte ihre Ironie nicht verstanden. Sie wollte ihre Ironie erklären, sie wollte erklären, was sie mit Frauendurchlauf meinte. Besser, sie hätte es nicht versucht; in einer Pause legte ich auf. Diese beiden Gespräche haben mich von meinen letzten Anstandsresten befreit. Bis dahin war Vera Nachbarin und Verehrte gewesen. Nun (vielleicht sogar, seit sie beschrieben hatte, wie Remo ihr Objekt geworden war) war sie mir zum Objekt geworden.

Der miesepetrigen Mona sagte ich, ich müsse in die Vorderzimmer ziehen. Ich ließ ihr keine Wahl. Sie packte ihre Sachen und wollte es sofort erledigen. Ich bat mir noch einen Tag aus. Ihre Eile war eine klare Auskunft über sie und Remo. Warum ich umziehen wollte, war ebenfalls leicht auszudenken. Ich fragte nicht nach Remo, sie fragte nicht nach Vera. Soweit verstanden wir uns. Wegen Ellen allerdings fetzte sie mir, in der Rolle der verbrannten Liebhaberin (die sie nicht gewesen ist mir gegenüber), eine Irgendwie-Moralpredigt hin; liberales Verbotegeschwätz.

Mittwochmittag war der Flur rammelvoll mit Monas Zeug. Kleinere Möbel und vor allem die Kisten machten es unmöglich, meine Sachen aus dem Zimmer zu tragen. Die Hälfte ihrer Kisten brachten wir zurück, auf jene Plätze kamen meine Regalteile, die Platten, die Bücher, und die im Hinterzimmer freigewordenen Stellen füllten wir nach und nach mit ihren Möbeln auf. Durch ihre Vorsicht (nichts lag offen) war mir keine Chance gegeben, das Hin- und Hergeschiebe subversiv zu nutzen. Ich hatte außer einigen Heften nichts zu verbergen. Einmal sah sie, daß eine Kiste ungenügend verklebt war, und machte sich gleich an die Ausbesserung. Ich stellte mich daneben und grinste sie übertrieben an. Am Abend fuhr sie mit Sonja zum Apothekerkongreß nach Saarbrücken.

Zwar war im Fenster zu ihrer Seite nun nichts mehr von mir zu sehen, und ich verfluchte Vera in meinen halblauten Selbstgesprächen, jedoch bemühte ich mich jeden Tag darum, mit ihr zu sprechen. Auf eine Karte reagierte sie nicht. Die Geschichte schloß sich nicht ab, da Vera mir einen Abschluß verweigerte.

Eines Morgens erkannte ich sie am Ende der Straße

und lief ihr nach, nicht ohne mir unterwegs deswegen Vorwürfe zu machen. Ich erreichte sie, als sie die Autotür aufgeschlossen hatte. Sie warf die Haare vors Gesicht und verschwand wortlos im Auto. Als wäre es herbeigerufen gewesen, fuhr ein Taxi vorüber, ich pfiff es heran und sagte der Fahrerin, sie solle jenem Auto folgen. Die Fahrerin nickte, stellte Musik laut und hielt den so unauffälligen wie effektiven Abstand. Vera führte uns über den Kanal und aufs Land hinaus. Sie bog in den Waldweg, der am Weiher endet. Die Fahrerin stoppte, pfiff, als sie die Höhe des Trinkgelds registriert hatte, und ich ging den Rest des Weges, der eine Sackgasse ist, zu Fuß. Als ich Veras Wagen sah, schlich ich oben durch den Wald, von wo man, am Rande des Weihers angekommen, auf die Badestelle schauen kann, die zu jener Jahreszeit nur ein Stück Sand ist, und wo Vera, von einem kleinen Felsbrocken aus, Kieselsteine ins Wasser warf. Dreiviertel des Weiherrandes bestehen aus Schieferplatten, die bis zu zehn Metern hoch ragen. Die Badestelle ist der einzige Zugang zum Wasser. Ich saß drei Meter höher als sie, seitlich von ihr, und schmulte durch das Zweigwerk. Wenn ich mich entscheiden muß, gehe ich in den Schloßgarten. Wenn ich verzweifelt bin, fahre ich an den Weiher. Ich wußte nicht, in welcher Lage Vera gewöhnlich an den Weiher fährt, sah lediglich, daß sie sich klein fühlte; der Jackenkragen stand weit über den Ohren, ihr Schneidersitz auf dem Felsbrocken war engwinklig, sie saß weit vornübergebeugt, als wolle sie ihren Kopf am liebsten auf die Füße legen, um zu einem Kreis zu werden. Eine Weile hockte ich dort bewegungslos an meinem Platz und versuchte, ihr Gesicht so scharf wie möglich zu sehen. Die Akustik an diesem Ort ist, durch die Schieferwände, die hellhörigste, die ich kenne. Die Steinchen, die Vera aufs Wasser warf, hallten klar und tropfend nach. Ein Rascheln meinerseits wäre von den Wänden vervielfacht worden. Im Taxi waren mir Behauptungen, Vera gegenüber, durch den Kopf gegangen, in der Stille des Weihers gab es keine Fragen. Diese Minuten, dort am Rand hockend, diesen Menschen, auf dem Felsen sitzend, betrachtend, waren der Moment der Anschauung und der Erzählung, der Beginn der Arbeit, und in diesen Minuten lief sie vollständig anders in mir ab, stumm und an Vera gerichtet. Kein Wenn. Kein Aber. Kein Ich. Kein Du. Nichts als Jetzt. Die einzige Frage, die es noch gab, lautete: und dann? Der Film, nachdem ich das Taxi herangepfiffen hatte, schien in ein Wortgefecht am Rand des Weihers zu münden, der Weiher selber aber war ein anderer Film. Und es war gar nicht mehr Vera, die ich sah, der ich etwas vorzutragen hatte, das war ein Mensch, der, um sich diesen Moment zu verschaffen, vierzig Minuten mit dem Auto gefahren war. Jede Meinung meinerseits, jede Fortsetzung der Handlung hätte nichts mehr mit dem Augenblick und schon gar nichts mit Vera zu tun gehabt. Ich hätte nur zu diesem Häuflein auf dem Felsen sprechen können, doch ihre Haltung dort sagte: Sprich nicht mit mir! Und so war es doch niemand anderes als Vera, die dort saß, die ich hätte überraschen können, der gegenüber ich einen Vorsprung hätte ausspielen können, da sie mich an diesem Ort nicht erwartete... Ich ließ es sein. Ich ließ sie sein. So blieb ein jeder an seiner Stelle sitzen, ohne Störung, und möglicherweise ist das unser letzter Moment der Gemeinsamkeit gewesen, als sie mich nicht bemerkte und mir trotzdem zu verstehen gab, daß wir, in diesen Fragen, auf Felsen sitzen, die nur Platz für einen geben. Als sie aufstand, sich umdrehte, blieb ich dort und hörte der Erzählung zu.

Von den Vorderzimmern aus sah ich die beiden nun fast täglich, Arm in Arm, Remos Haus verlassen.

Ich komme in ihren Notizen nicht mehr vor. Wochen später gingen wir so auf die Häuser zu, daß wir uns hätten treffen müssen — wäre sie nicht zum Supermarkt auf der anderen Straßenseite abgebogen.

»Er wollte zu *Raimundo*. Ich hatte Bedenken, wegen neulich.«

»Da war der Tisch, an dem wir Champagner, der Tisch, an dem wir Wein, der Tisch, an dem wir Bier getrunken haben. Nun wieder Champagner.«

»Unsere letzten Gespräche waren meine Produktionen. Es ging mir nicht um ihn, sondern um die Platte.«

»Am Fenster saßen die üblichen Tennisschläger, auf einen Blick von Vera lauernd. Sie haben mich nicht nervös gemacht. Im Gegenteil.«

»Es war richtig, zu Ulf zu gehen, es ist richtig, bei Remo zu bleiben.«

»Ich sagte: Du bist schön. Sie sagte: Ich bin erschöpft.«

»Warum diese Umwege?«

»Ich weiß nicht, was wir verabredet haben, wir haben nicht darüber gesprochen, aber es hat eine Verabredung gegeben.«

»Ich bin im wirklichen Leben zurück.«

»Ich bin gehärtet.«

Sie fuhren zu Remo und schliefen bei ihm. Beide haben die Tage gezählt, die seit der letzten gemeinsamen Nacht vergangen waren. Remo kam auf fünfzig Tage, Vera auf siebenundvierzig.
(Es sind neunundvierzig Tage und Nächte gewesen.)

Daß Vera am 4. März einen Studiotermin in der Nähe von Köln haben würde, habe ich von Ellen erfahren. Unser Wochenende im neuen Zimmer ist nicht so magisch wie das vorige gewesen. Sie hat erzählt, ich habe zugehört.

Veras Art, einen Schlußstrich unter jenes Kapitel mit

Remo zu ziehen, ist es gewesen, »ein letztes Mal« allein in seine Wohnung zu gehen und sie zu kontrollieren. Sie hat so viel Zeit gehabt, daß sie das blaue Buch aus Tokio sowie die folgenden zum Kopieren wegbringen konnte.

Meine Art, einen Schlußstrich zu ziehen, ist es gewesen, am 4. März ihre Wohnung aufzuschließen, ihren Schrank aufzuschließen, mehrere Kassetten einzustecken und mit dem Koffer zum Kopierladen zu fahren. Während Veras Hefte und die Kopien von Remos Papieren erneut vervielfacht wurden, raste ich zu Ellen, wo ich die Kassetten im Schnellauf überspielte. Holte die Kopien ab, schloß Veras Schrank zu, ihre Wohnungstür, kam zu mir und schloß wieder ab. Der erste Satz, mit grünem Filz auf den Spiegel zwischen den Fenstern geschmiert: »Ich halte das nur schriftlich aus.«

Reine Tische

Nun ist, für die Mehrheit der Bewohner noch unbemerkt, die Apotheke geschlossen. Gestern abend hoben Personal und Kunden die kleinen Gläser, und bis neun Uhr blieb das Licht an. Heute stehen zwei Lastwagen mit herabgelassenen Laderampen vor der Apotheke. Junge Männer, die ich vom Sehen kenne, tragen die alte Holzverkleidung aus dem Laden. Andauernd ziehen sie die Handschuhe aus und rauchen Zigaretten.

Marian fragt so direkt, scheinbar informiert, nach meiner fast beschlossenen Arbeit, daß ich statt einer Antwort nur Fragen habe.

Im Vertrauen, Marian! Sags mir.

Im Vertrauen? Immer! Mit allem und jedem im Vertrauen! Daher weiß ich es ja.

Inka?

Ja, sie hat es von Mona.

Mit der Absicht, Tische geradezurücken, rufe ich Robert an. Er ist blau und kapiert nichts. Als er erinnert, was ich meine, lacht er mich aus und berlinert mir vor, daß mein Pathos (»Vertrauen«, »Verschwiegenheit«) aus einer anderen Zeit sei. Ich lege auf. Andauernd lege ich auf.

Schloßgarten.

Dämmerung. Hundestunde.

Ovid: *Treulos ist der Verrat; doch im Verrat bin ich treu.*

Die Papierstapel sind abgeräumt. Sitze an einer angenehm kahlen Tischplatte, vor mir ein neuer Stapel Papier, den ich alle paar Tage durchsehen mag: Briefe, Karten und Zettel von Nadja.

Die Stadt ist voller Zombies, Parasiten, Lügner ohne Not und Aufschneider ohne Schnitt. Wer lacht, ist beweispflichtig. Wir sagen, es gibt keine Alternative zur Stadt, während wir wissen, daß Städte Zentren der Verlogenheit sind; wir meinen, es gibt keine Alternative zur Verlogenheit. Städte sind so erträglich wie die Wahrheit. Ekel möchten wir uns ersparen, Wahrheit weniger. Die Stadt ist die Härte, die wir brauchen. Immer weniger Zeit vergeht, bis wir über den, der gegangen ist, schlecht reden. Auf den Selbstverrat des anderen sind die Sinnesreste geeicht.

Ellen. Unsere Treffs sind nicht mehr so traumwandlerisch wie damals. Sie erzählt gern von ihrem Freund, der die Platte der *Innenminister* produziert hat. Irgendwann werden sie alle zu Damen.

Mona hat gefragt, ob ich mit meinem »Mitschreiben« fertig sei. Hätte unser Gespräch aufnehmen sollen, aber meine Geräte sind schon außer Betrieb. Es war ein Schlagabtausch mit dem Ziel, herauszufinden, wer besser informiert ist. Später habe ich mich geärgert, darauf eingegangen zu sein. Später fielen mir die besseren Antworten ein.

Im *Ikks* hocken Nacht für Nacht die gleichen Gestalten an der Theke und rauchen, sobald der letzte Fremde gegangen ist, in aller Öffentlichkeit ihren Trotzjoint. Immer noch, wenn ich nachts am *Ikks* vorüberkomme, das heißt, wenn ich von der anderen Straßenseite hinüberschaue, sehe ich dort nicht die Gleichaltrigen sitzen, die sie tatsächlich sind; sehe, gerade aus der Distanz, die wiederauferstandenen Gestalten unserer Väter, als sie jung waren – so wie ich einmal, in der Kindheitsdämmerung, auf dem Heimweg meinem Vater, der aus einem Lokal kam, begegnete, und in bester Laune gingen zwei Männer zusammen nach Hause.

Fensterputzen, staubsaugen. Sehe die Zimmer wieder, wie sie ausgesehen haben, bevor ich mit dem ganzen Papier eingefallen bin.

Mit Nadja und Charlotte im Bergland gewesen. Losgefahren sind wir mit den Frühaufstehern, heimgekehrt mit den Nachtschwärmern.

Wochen nach unserem Gespräch auf dem Spielplatz winkte sie mich hinüber und gestand in aller Scheu, sie hätte schon länger daran gedacht, mich einzuladen. Ich erinnere, daß ich mir schwor, keinen Ton über einen Menschen dieser Straße zu verlieren. Nadja erzählte, was sie bisher von mir gedacht hatte, ich mußte lachen über das Bild, das sie von mir malte: »Häuslich«, »am Schreibtisch« ... (bin ich erst, seit sie hier wohnt). Für sie ist es ein Ideal, die Abende mit dem zu verbringen, was einen »betrifft«. Entsprechend überrascht war sie, als ich von der

Druckerei erzählte. Sie hat einen Geistesmenschen gesehen und in mir ihren Wunsch, selber Geistesmensch zu werden, wiederentdeckt. Vielleicht bin ich wirklich ein sogenannter Geistesmensch gewesen – aber nur vorübergehend.

Habe den Schreibtisch gestern, nachdem alles – bis auf diese Seiten – getippt war, abgeräumt und dann geputzt. Erhebendes Gefühl. Sehe mich nun nahezu so verloren wie zu der Zeit, als ich mit dieser Arbeit angefangen habe.

Halbzeit bei der Fußball-Weltmeisterschaft. Marian beklagt sich über den Rhythmus der Spielanfänge um zwanzig Uhr und um null Uhr. Er mag es nicht, um zehn rauszugehen mit der Aussicht, vor zwölf zurück zu sein, und um zwei, oder, wenn es Verlängerung gibt, kurz vor drei, kriegt er die Kurve nicht mehr.

Bin rückfällig geworden.
    Öffne arglos die Tür und habe Vera in der Wohnung. Eine Sachlichkeit, die mich an ihr und mir überrascht. Wir bleiben in der Küche. Sagt, sie wolle reden, und spricht nicht. Sieht guter Dinge aus. Breiter Mund, die Winkel in Bewegung; kein Zucken, ein Zirpen eher. Sie hat einen Walkman dabei und sagt, ich solle mir das anhören. Es ist *Abgehauen*. Ich höre von ihr den Text gesungen, den ich längst kenne. Bin ehrlich und sage: Aufgedonnert. Die Streicher waren mir zu pompös. Sie spult weiter, gibt mir wieder das Gerät. Es ist *Ich habe ihren Blick gesehen*. Eine leichte, nahezu muntere Melodie treibt die Last der

Situation voran, so daß über das Gefühl nicht entschieden ist, sondern mehrere Möglichkeiten denkbar werden. Ich erkläre ihr das. Die Melodie bleibt mir im Kopf. Ich mache ihr ein Kompliment. Sie sagt, sie sei seit Mai im Studio. Die neue Platte heiße *Nervöse Leser*. Sie zeigt mir einige Photos der neuen Serie. Es sind Großaufnahmen, Kopf und unbekleidete Schulter, ein männlicher Arm darum; in verschiedenen Versionen dreht sie sich von dem Unsichtbaren weg, mit heruntergeklappten Lidern. Alles in Schwarzweiß.

Was mein Text machen würde... Davon wisse ja nun jeder... (Zum ersten Mal denke ich daran, die hundert Blätter anderswo zu verstecken).

Rückfällig bin ich geworden, weil ich ihren Parka abgreifen mußte. Hatte ein gelbes Heft in der Hand, steckte es, nach kurzem Lesen, zurück, da sie wiederkam.

Mona wußte die ganze Zeit, wer bei Sonja eingebrochen hat. Obwohl sie hektische Sitzungen abgehalten haben.

Die Bestätigung las ich in Veras gelbem Heft: »Das mit den Kisten haben wir geregelt. Die, die er noch hat, kommen auf dem gleichen Weg zurück. Den Rest übernehme ich.«

Dieselben jungen Männer, die die Apotheke ausgeräumt haben, sind eben mit Remos Möbeln davongefahren. Zum ersten Mal sehe ich alle seine Fenster geöffnet.

Am ersten Tag sagte ich ihr, daß sie das Geld doch nicht für eine Fahrkarte bräuchte. Am dritten Tag hatte sie es auf ein Schild geschrieben. Am vierten Tag sah ich einen hängenden Kopf und die offene Hand. Am fünften Tag sprach ich sie an. Wir schlenderten um die Häuser. Himmel und Schuhe! Am sechsten Tag salzte sie Heringe und wusch Kirschen. Wir schwiegen, aßen, hörten Musik, rauchten und schliefen, bis wir wieder essen mußten. Am siebten Tag ging sie und kam nicht wieder. *Schauen Sie sich dieses Mädchen an. Es bettelt und ist vielleicht schon reich!* las ich heute Nacht, als der Andruck die Rotation verließ, auf der ersten Seite; dazu ein Photo ihres Profils. Jung und schön und bettelarm: das sieht verboten aus. Dreihunderttausendmal. Wie heißt sie?

Wenn es ihn nicht gibt, machst du einen.

Sonntag, 22. Juni

Je vollkommener die Teleskope sind, desto zahlreicher werden die Sterne.

Flaubert